KB105629

AGAIN, TRAVEL

AGAIN, TRAVEL

다시, 여행을 가겠습니다

백상현 글·사진

LANDSCAPE

HUMAN

HISTORY

DETAIL

앤의
서재

여행자의 고백

여행자로 살아온 지 어언 20년이 넘었습니다.
틈만 나면 여행을 하며 살았습니다.
가난해도 여행을 했고, 아파도 여행을 했고, 고단해도 여행을 했습니다.
여행 자체가 좋아서 미래에 대한 고민의 틈도 없이 현재를 여행했고,
다채로운 여행으로 여행자의 삶은 그저 감사하고 행복했습니다.

전혀 예기치 않게 여행자에게는 사망선고와 같은 혹독한 시대가 왔습니다.
처음엔 금세 지나가리라 낙관했습니다.
이런저런 여행을 통해 낙관주의자가 되는 편이 좋다는 걸
알고 있기 때문이었지요.
하지만 코로나의 시대는 생각보다 길고 혹독합니다.
끝이 보이지 않는 동굴 속에 들어와서 고립된 낙오자가 된 것만 같습니다.

어찌해야 할까요?

여행이 주는 자유의 공기를 숨 쉬고, 풍경의 명암을 감상하고,

낭만의 서정에 물들고, 따스한 사람의 온기를 맛본 여행자는

여행이 없는 삶은 결코 상상할 수도 없습니다.

당장 여행의 자유를 잃은 여행자는 지난 여행의 시간을 추억하고,

다가올 시간의 여행을 기대하면서 견디기로 합니다.

모름지기 여행자는 언제나 낯선 공간을 용감하게 걸어야 할 사람이고

모든 시간을 여행해야 하기 때문입니다.

그래서 여행자는 스스로에게 조용히 다짐합니다.

'다시, 여행을 가겠습니다.'

지난 여행의 빛나는 순간들을 마음을 꾹꾹 눌러 담아

글과 사진으로 묶었습니다.

다시 눈부신 여행의 시절을 기다리는 독자들에게

마치 여행의 현장 속으로 들어가는 듯한 책,

여행의 선물 같은 책이 되기를 소망합니다.

여행 불가능의 시간 속에서 기도합니다.

다시 자유롭고 경이로운 여행의 시절이 속히 오기를!

VOLUME
1

풍경의 언어

풍경이 말을 걸어오는 순간들

"바라본다는 건, 마음이 그곳에 머무른다는 의미입니다."

VOLUME
2

사람의 온도

여행이 가장 빛나는 순간들

"그리운 건, 결국 사람이었습니다."

역사의 공간
시간을 짓는 공간들
"진정한 여행자는 공간 여행자가 아니라 시간 여행자입니다."

AGAIN, TRAVEL :
VOLUME 1
LANDSCAPE

Italia, Toscana

여행의 이유

누군가는 물었어요.
왜 그리 멀리 떠나느냐고.

아득한 풍경을 바라보기 위함은 아니었어요.
다디단 이상을 찾기 위함도 아니었어요.
토스카나 능선을 배회하는
일이 그나마 번민을 잊는 시간이었어요.

세상을 산다는 건 상처를 받는다는 말과 같아요.
날카로운 모서리에 치이는 일상이 안타까워
홀연히 떠나는 게 여행이에요.

해 지는 언덕에서 하늘색이 변하는 걸
하염없이 바라보는 일,
사이프러스 꼭대기를 흔드는 바람을 느껴보는 일,
낡은 중세의 돌담과 골목을 적시는
소나기를 맞으며 걷는 일,

결국 여행의 이유는
먼 풍경 속 나를 만나기 위함이었습니다.

Tip

이탈리아 토스카나 이탈리아 중부 23,000제곱km 면적의 아름다운 풍경과 역사, 예술적 문화유산으로 유명한 지역이다.
주도인 피렌체를 중심으로 이탈리아 르네상스의 탄생지로 여겨지고 있다. 피렌체를 필두로 시에나, 루카, 산 지미냐노, 피사 등
역사적인 도시들과 키안티를 중심으로 생산되는 브루넬로 와인, 그림 같은 풍경으로 유명한 발도르차 지역 등 이탈리아 여행의
축약판 같은 곳이다. 토스카나는 남부로 내려갈수록 초원과 구릉지대, 포도밭과 사이프러스 등 인상적인 풍경들이 많은 편이다.

Argentina, Mendoza

햇살이 기울면

햇살이 기울면
어두운 공간에도
엎드린 빛이 스며들고
마음엔 따스함이
밀려옵니다.

마음을 기울여야
숨은 풍경이 보이고
사람도 보입니다.

Tip

아르헨티나 멘도사 멘도사는 안데스 산맥의 동쪽에 위치해 있으며 아르헨티나에서 네 번째로 큰 아주 중요한 도시이다.
멘도사의 중요한 산업은 올리브 오일과 와인 생산이다. 우코 계곡과 루한 데 쿠요로 대표되는 이 지역은 남미에서 최대 규모의
와인 생산지이다. 부에노스아이레스에서 비행기로 2시간 정도 거리이며 주요 도시를 이어주는 장거리 버스도 운행 중이다.

보고도 믿을 수 없는

눈으로 보지 못했다고 해서
존재하지 않는 게 아니듯,
때로는 눈으로 보고 있어도
믿을 수 없는 것들이 있죠.

여행이 선사하는 풍경과
삶의 신비는 우리의
경험과 상상을 뛰어넘습니다.

Tip

페루 비니쿤카 페루 안데스의 해발
고도 5,200m에 숨어 있는 비니쿤카는
그 다채롭고 신비로운 색채로 인해 일곱
가지 색채의 산(Montaña de Siete Colores)
혹은 무지개산이라고 불린다. 다양한 광물
성분의 지층들이 산등성이를 따라 각기
다른 색채로, 마치 무지개처럼 빛나고 있다.
2010년대 중반부터 일반 대중에게 알려지기
시작해서 지금은 페루 여행에서 꼭 들르는
여행지로 손꼽힌다.

France, Paris, Marais

둘이 걸으세요

파리에 가면
꼭 걷고 싶은 길이 있어요.
모퉁이마다 각기 다른
감성과 낭만이 숨어 있는 곳,
자꾸만 걸음을 멈추게 되는 곳,
낡아가는 모든 것이
하나의 풍경이 되는 곳,
낯선 길을 배회하는 일이
얼마나 설렌 일인지
알려주는 곳.

마레 지구는 혼자보다는
둘이 걸어요.
손을 꼭 잡고.
혼자 걷기엔
너무 아까운 거리니까요.

Tip

프랑스 파리 마레 지구 어떤 이는 마레 지구를
'파리의 심장', 혹은 '파리의 진정한 낭만과 감성이
머무는 곳'이라고 표현했다. 피카소 미술관, 보주
광장, 노트르담 대성당, 빅토르 위고의 저택 등
파리의 명소뿐만 아니라 산책하기 좋은 골목들이
구불구불 이어진다. 개성 넘치는 상점과 카페, 빵집,
그리고 레스토랑 들이 즐비하다. 또한 파리의 유대인
문화 중심으로 유대인들의 예술과 삶, 문화를 엿볼 수
있다.

Tip

파리 에펠탑(Eiffel Tower) 여행자들에게 파리를 대표하는 아이콘은 분명 에펠탑이다. 1889년 파리에서 열린 만국박람회와 프랑스 혁명 100주년을 기념하기 위해 구스타브 에펠에 의해 건설된 철골 구조물이다. 건설하는 데만 2년 2개월이 걸렸고, 프랑스 건축 기술의 발전을 보여주는 역작이다. 매년 700만 명이 방문하는 세계 최고의 명소이다.

France, Paris

LANDSCAPE

마냥 좋았던 시간

에펠탑만 보이면
마냥 좋았던 시간이
있었습니다.

하늘로 난 길

명확해 보이던 모든 것들은 흐려지고
경계를 나누는 일은 어리석게 느껴지는 곳, 우유니.

Bolivia, Uyuni

Tip

볼리비아 우유니 소금사막 횡단 투어 볼리비아 우유니 마을은 마을 자체는 특별한 구경거리가 없다. 대부분
여행자들을 대상으로 하는 호텔, 식당, 렌터카, 여행사 들로 가득하다. 소금사막 투어로 별과 해돋이를 보는
스타라이트 & 선라이즈 투어, 선인장밭을 둘러보고 일몰을 보는 데이 & 선셋 투어, 일몰과 밤하늘 별을 감상하는
선셋 & 스타라이트 투어, 그리고 지프차를 타고 우유니에서 출발해서 칠레 아타카마 사막까지 2박 3일 동안
이동하며 여행하는 2박 3일 사막횡단 투어 등이 있다.

우유니의 별

우유니의 별을 보지 않았다면
당신은 우유니의 가장 아름다운 시간을 보지 못한 것입니다.

내 안의 어둠을 보지 못했다면
당신은 진정한 나를 알지 못하는 것입니다.

Bolivia, Uyuni

Tip

볼리비아 우유니 소금사막 별 감상
우유니 소금사막의 하이라이트 중의
하나는 밤하늘 별 감상이다. 현지 여행사를
통해 선셋 & 스타라이트 투어, 스타라이트
& 선라이즈 투어를 예약하면 별 감상을
할 수 있다. 별 감상은 달이 너무 밝으면
별이 잘 안 보이기 때문에 여행하는 계절과
날짜에 따라 달 뜨는 시간과 지는 시간을
확인한 뒤 투어 상품을 결정하는 것이 좋다.
그믐달인 경우가 가장 좋다.

아쿠아 알타

우기가 되면 아드리아 해 수면이 솟아올라
베네치아는 조금씩 바닷물에 잠긴답니다.
소위 '아쿠아 알타'가 시작되죠.

여행자들은 산 마르코 광장을 덮은 아드리아 해 바닷물을
카펫처럼 밟으며 베네치아 여기저기를 돌아다니죠.

신발이 젖어 걷기는 불편해도
여행의 풍경은 한 차원 깊어지는 시기입니다.

아쿠아 알타는 현지인에게는 불편이고
어려운 삶의 숙제지만, 여행자에게는 자연이 빚어내는
또 다른 삶의 풍경에 감탄하게 되는 여행의 선물이랍니다.

Tip

이탈리아 베네치아 아쿠아 알타(Acqua Alta) 높은 수위라는 뜻의 이탈리아 말인 아쿠아
알타는 베네치아가 속해 있는 베네토 주에서 주로 사용하는 단어이다. 우기가 되면
아드리아 해 북쪽 지역에서 주기적으로 발생하는 특이한 만조 현상이다. 특히 베네치아는
매년 늦가을에서 이른 봄까지 아쿠아 알타 현상이 발생하는 곳이다. 산 마르코 광장을
비롯해 베네치아 곳곳이 바닷물로 범람한다. 아드리아 해를 따라 북쪽으로 불어오는
시로코(Sirocco) 바람으로 인해 해수면이 더욱 상승한다.

인생의 파노라마

거대한 삶의 파도 같은
도시의 풍경.

하나하나의 삶이 모여
장대한 파노라마가 되듯,

여행의 순간들이 모여
또 하나의 풍경이 되고,

그 이야기가 쌓여 아름다운
인생의 파노라마가 되겠지요.

Tip

볼리비아 라파스 볼리비아 라파스는 해발
3,500m가 넘는 안데스의 고원 지대에
위치한 세계에서 가장 높은 고도에 있는
행정 수도이다. 볼리비아에서 세 번째로
인구가 많은 도시이며, 멀리 라파스의
배경으로 해발 6,438m의 일리마니 산이
만년설에 쌓여 우뚝 솟아 있다.
케이블카를 타고 전망대에 오르면 라파스
전경과 배경의 산세까지 한눈에 감상할 수
있다.

Tip

벨기에 겐트 겐트는 벨기에 북서쪽에 위치한 중세 항구 도시이다. 오늘날에는 대학 도시이자 문화의 중심지 역할을 하고 있다. 12세기 시대의 성과 강변 항구를 따라 길게 들어선 길드홀 등이 인상적인 곳이다. 중세 시대 건축물이 온전히 보존되어 있고, 겐트 제단화가 있는 성 바보 성당과 벨프리 종탑, 장중한 그라벤스틴 성, 그라슬레이 항구를 따라 형성된 중세 건축물들이 고풍스럽고 아름답다.

Belgium, Gent

크레이프 가게

기억하나요?
작은 크레이프 가게에서
찾은 작지만 확실했던
행복을.

돌아보면 여행이든
삶이든 소중하지 않은
순간이 없었습니다.

다시 여행한다면,
마치 마지막 여행인 것처럼
좀 더 그 시간에
충실하겠습니다.

Tip

스위스 마터호른 해발 4,478m의 '알프스의 여왕' 마터호른을 제대로 감상하려면 스위스 남부 발레 주의 관광 거점 체르마트로 가야
한다. 체르마트에서 고르너그라트 등산열차나 다양한 노선의 케이블카를 이용해서 마터호른을 다양한 각도로 감상할 수 있고,
마터호른을 바라보면서 트레킹을 할 수 있다.

Switzerland, Matterhorn

그림자 깊은 산

거대한 산이 아름다운 이유는
그림자가 깊기 때문입니다.
산이 웅장해지려면
작은 나무가 깃들어야 합니다.

산의 풍경이 완성되는 데에는
빛과 어둠, 크고 작은 나무의
공존이 필요하니까요.
그늘에 앉아본 자만이
빛의 가치를 알 수 있습니다.

사람은 작고 여린 나무 같아서
작은 그늘에도 절망합니다.
그래서 늘 여행이라는
거대한 산자락을 향해
나아가야 합니다.

예측할 수 없는 것들

평년에 비해 눈이 아주 적게 와서 하코다테답지 않다고들 했습니다.
밤바람은 차가웠지만 나무를 수놓은 조명들이 따스하게 빛났습니다.

때로 여행은 예상과 다른 풍경을 보여주고,
다른 방향으로 흘러가기도 하지만 어쩌면 예측할 수 없는 것,
그게 바로 여행의 매력인지도 모릅니다.

Tip

일본 하코다테 홋카이도에서 삿포로와 아사히카와에 이어 세 번째로 큰 도시인 하코다테는 하코다테
산에서 바라보는 전망과 신선한 해산물, 시오라멘 등으로 유명하다. 서양문물에 가장 일찍 문을
연 항구 도시 가운데 하나로 서양적인 건축미와 항구 도시의 활기가 공존한다. 서양식으로 건설된
고료카쿠 요새, 신선한 해산물을 사거나 맛볼 수 있는 아침시장, 서구인들의 거주지였던 모토마치 등
둘러볼 곳이 많다.

Hungary, Budapest

연인

가로등이 하나여서 좋았고,
두 사람이 다정해서 좋았어요.

부다 언덕을 오르는 그 길이
돌이켜보니 참 좋았어요.

Tip

헝가리 부다페스트 헝가리의 수도 부다페스트는
다뉴브 강에 의해 부다와 페스트 두 지역으로 나뉜다.
평평한 페스트 지구는 쇼핑 거리와 주요 철도역,
화려한 호텔, 국회의사당 등이 랜드마크이다. 부다
지구는 조금 가파른 언덕 위에 세워진 부유한 귀족과
왕족의 거주지였다. 부다 왕궁, 어부의 요새 등이
주요 명소이다. 부다 왕궁이나 어부의 요새에서
내려다보는 다뉴브 강과 페스트 지구의 파노라마가
정말 환상적이다.

Austria, Vienna, Mariahilfer-strasse

서두르지 마세요

넓찍한 도로,
우거진 가로수,
눈이 즐거운 숍들,
입맛을 다시게 하는 디저트들.
서두르지 마세요.

보행자도 자전거족도 운선자도
모두 적절한 속도로 오가며
여유롭게 즐기세요.
이곳은 느린 거리,
비엔나의 마리아힐퍼니까요.

Tip

오스트리아 비엔나 마리아힐퍼 거리
오스트리아 비엔나의 마리아힐퍼 거리는
예전부터 상점과 카페, 식당, 호텔 들이 길게
늘어서 있는 쇼핑 거리이다. 과거에는 차량
통행이 많은 일반 도로였으나 비엔나 시는
통행량이 많은 메인 도로를 보행자 중심의
느린 거리이자 공유 공간으로 변모시켰다.
화려한 쇼핑 거리인데 공원처럼 나무도
많고, 앉을 수 있는 벤치도 있고, 차량 속도도
제한시켜서 소음도 거의 없다. 여유롭게 걸어
다니기에 최적인 거리이다.

Switzerland, Lungern

바라본다는 건

바라본다는 건
마음이 머물러 있다는
의미입니다.

Tip

스위스 룽게른 룽게른은 스위스 중심에
있는 칸톤인 옵발덴에 속해 있는 호수
마을이다. 주민 수가 약 2,100여 명
정도이며 호수와 산, 그리고 그림 같은
전원 속 집들이 풍경화처럼 아름다운
곳이다. 스위스의 주요 철도 노선 중의
하나인 인터라켄과 루체른 구간 사이에
있어서 열차를 타고 지나가는 경우가 많다.
드라마 〈사랑의 불시착〉의 마지막 장면에
등장하기도 했다.

저녁이 찾아오면

낯선 여행지에 저녁이 찾아오면
호기심과 희열로 들떠 있던
여행자는 그제야 지나온
길을 돌아보고, 흘러간 시간을
떠올립니다.

그러다가 결국 저녁 어스름 속
홀로 선 자신의 모습을 발견합니다.
여행지에서 맞이하는 저녁은
어쩌면 훗날 찾아올
인생의 저녁을 연습하는 시간,
풍경처럼 아름답기를 중얼거리듯
빌어봅니다.

Tip

이탈리아 친퀘테레 마나롤라 이탈리아 북서쪽의
리구리아 해안의 라 스페치아 현에 속해 있는
친퀘테레는 이름 그대로 다섯 곳의 어촌 마을을
합쳐서 부르는 이름이다. 리오마조레, 마나롤라,
코르닐리아, 베르나차, 몬테로소 알 마레가 바로 그
다섯 마을이다. 이 다섯 마을은 각기 개성 넘치는
아름다움으로 전 세계 여행자들의 사랑을 받고 있다.
특히 두 번째 마을인 마나롤라는 주민 수가 350여
명밖에 되지 않는 아주 작은 마을인데, 절벽 위에
층층이 쌓아 올린 집과 산등성이의 포도밭, 그리고
수평선이 어우러진 환상적인 뷰를 보여준다.

모든 시간이 그러했어요

길 한쪽은 하늘,
다른 한쪽은 바다 같은 호수를
향해 있었어요.
남미여행은 어디를 향하든 낯설고
고단했지만, 돌아보면
어느 것 하나 빛나지 않는
순간이 없었어요.
도무지 끝이 없을 것만 같던
스무 시간 넘는 장거리 버스 여정,
핑그르르 어지러운 고도,
새벽이면 발목과 코끝으로
전해지던 차디찬 공기,
일주일 넘게 괴롭히던
배탈과 허기까지.
모든 시간이 그러했어요.
당시는 몰랐지만 여행이라는
터널을 통해 돌아보면
늘 광채가 가득했어요.

Tip

볼리비아 코파카바나 코파카바나는 거대한 티티카카
호숫가에 있는 볼리비아의 작은 마을이다. 잉카
제국의 고고학 유적이 남아 있는 태양 섬(Isla del Sol)과
달 섬(Isla de la Luna)을 탐방하는 전초기지 역할을
하는 곳이기도 하다. 종교적인 축제와 문화유산,
그리고 전통 축제들로 매력적인 여행지이다.

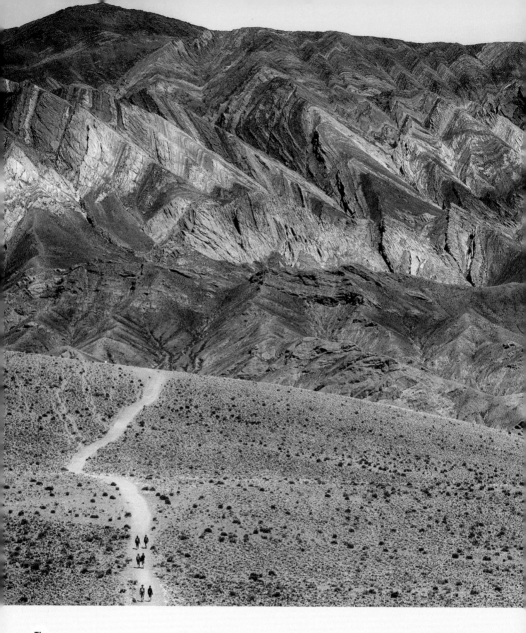

Tip

아르헨티나 무지개산 가는 길, 오르노칼 산맥 일명 무지개산이라고 불리는 세라니아 데 오르노칼은 아르헨티나 후후이의 우마우아카 시에서 25km 거리에 있는 산맥이다. 야코라이테(Yacoraite)라고 불리는 사암층이 산자락을 따라 노출되어 있다. 해발 4,761m의 고도로 산세가 험하고 고산지대라 고산병 증세가 나타날 수 있다. 여행자들은 렌터카를 이용하거나 우마우아카에서 택시를 타고 찾아갈 수 있다.

Argentina, Serranía de Hornocal

무지개를 보려면

여행이든
인생이든

길을 따라 조금만 더 나아가면
아름다운 무지개가 펼쳐집니다.

험한 길만 보고
돌아서면

무지개는 결코
다가오지 않아요.

Switzerland, Appenzell

LANDSCAPE

그리운 마음

설경은 그리움을 닮았습니다. 차가운 겨울 풍경도
이리 그리우니 따뜻한 사람 마음은 얼마나 그리울까요.

Tip

스위스 아펜첼 스위스 북동부에 위치한 아펜첼은 아름다운 북부 알프스에
둘러싸인 중세 마을이다. 특히 모든 주민이 야외 광장에서 중요 안건을 거수
투표로 결정하는 란데스게마인데(Landesgemeinde)라는 직접 민주주의의
전통을 지키고 있는 곳이기도 하다. 겨울철 눈이 많이 오는 곳으로 설경이
매우 아름답다.

Italia, Modena

경계를 걷는 사람

경계를 걷는다는 건 살아 있다는 의미.
사진은 경계를 담아내는 작업.
빛과 그림자, 그 경계가 만들어내는 다양한 형상들.
여행자는 현실과 이상 사이를 거니는 경계인.

이렇게 경계에 있을 때 비로소
진짜 여행과 예술이 태어나니까요.

Tip

이탈리아 모데나 모데나는 이탈리아 에밀리아로마냐 주에 속해 있으며
세계적으로 유명한 발사믹 숙성 식초인 모데나 발사미코와 페라리, 람보르기니
자동차의 본고장이다. 엔초 페라리 박물관이 모데나에 있다. 경제학, 법학,
의학으로 명성이 높은 모데나 대학도 오랜 역사와 전통을 자랑한다. 온전히
보존된 구시가에는 바로크 양식의 두칼레 궁전, 모데나 대성당, 그란데 광장 등
유네스코 세계유산으로 지정된 건축물로 가득하다.

Tip

모로코 티지 엔 티카 모로코 중부와 북아프리카를 이어주는 하이 아틀라스 산맥을 넘어가는 해발 2,260m의 고갯길이다.
북아프리카에서 가장 높은 산길이자 옛 카라반(caravan, 낙타나 말에 짐을 싣고 떼를 지어 먼 곳으로 다니면서 특산물을
교역하는 상인의 집단)의 길이었으며 사하라 사막으로 들어가는 관문이기도 하다. 현재는 모로코의 9번 국도 역할을 하고 있다.
고갯길 정상에 서면 구불구불 이어진 길과 산이 발아래로 장관을 이룬다.

인간의 발자국

모로코의 척추,
아틀라스 산맥의
한 자락을 넘다가 뒤를
돌아봤습니다.
장대한 길 위로 오버랩되는
여행자의 삶.
인간의 발자국이 모여
길이 되고, 길이 모여
여행이 되었습니다.

그리고 여행길이 모여
마침내 여행자의 삶이 되지요.
모세혈관처럼
퍼져 나가는 길들을 따라
여행자의 삶이 계속 이어지기를!

Morocco, Tizi n'Tichka

Netherlands, Amsterdam

암스테르담에 가면

암스테르담에 간다면,
자전거를 타세요.
새로운 여행의 속도와 풍경이
보일 거예요.

Tip

네덜란드 암스테르담 네덜란드의 수도
암스테르담은 17세기에 완성된 아름다운
운하와 풍요로운 문화유산, 그리고 다닥다닥
붙어 있는 고풍스런 주택들이 늘어선 골목 등
운치가 넘치는 곳이다. 또한 반 고흐 박물관,
국립미술관(Rijksmuseum) 등을 갖춘 예술의
도시이기도 하다. 무엇보다 인상적인 점은 수많은
자전거족들이다. 자동차보다 더 많은 자전거는
시민의 발이자 여가 활동 수단이기도 하다.

그곳이라면

요정이 사는 것만 같은 푸른 숲과 호수 사이로
길 하나가 이어졌습니다.
호수도 푸르렀고, 여행자의 마음도 그러했습니다.
길이 어디로 이어지든 그곳이라면 아무 상관이 없었습니다.

LANDSCAPE

Tip

크로아티아 플리트비체 플리트비체 호수 국립공원은 크로아티아를 대표하는 아름다운
호수와 숲, 산책로로 이루어진 곳이다. 호수와 숲 사이로 다양하게 이어진 산책로가
백미이며, 높고 낮은 절벽에서 쏟아지는 폭포들도 절경이다. 1979년 유네스코 세계유산으로
지정되었고, 영화 〈아바타〉의 배경으로도 유명하다. 공원 안에 위치한 호텔에서 묵어보는
것도 특별한 경험이다.

Tip

오스트리아 잘츠부르크 독일과의 국경에 위치한, 동부 알프스의 전망이 아름다운 도시이다. 아름다운 바로크 양식의 건축물이 가득한 구시가, 미라벨 정원이 있는 신시가, 구시가 언덕 위에 우뚝 솟은 호엔잘츠부르크 요새, 그리고 그 배경으로 영화 〈사운드 오브 뮤직〉의 알프스 산들이 어울려 한 폭의 그림 같은 풍경을 선사한다. 또한 모차르트가 탄생한 곳으로 그의 생가와 활동한 장소들이 있고, 매년 여름 잘츠부르크 음악축제는 여행자들과 음악 애호가들의 발길을 이끈다.

Austria, Salzburg

도시의 농도

잘츠부르크의
호엔잘츠부르크 성에 올라
구시가를 내려다보았습니다.

크고 작은 규모의 건축물과
휘어진 길들,
다양한 빛과 색채의
농도들이 보였습니다.

세월이 흐르면
인생의 굴곡과 어둠도
관조하게 되지 않을까요.

Tip

아르헨티나 파타고니아 엘 찰텐(El Chaltén) 남미의 스위스라고 불리는 아르헨티나의 파타고니아는 대자연을 제대로 즐길 수 있는 여행지이다. 특히 파타고니아의 엘 찰텐은 피츠로이 산과 토레 산 등정을 위한 전초기지 역할을 하는 작은 산악 마을이자 아르헨티나 트레킹의 수도라고 불리기도 한다. 또한 모레노 빙하(Perito Moreno Glacier)는 3만 년의 역사를 지닌 거대한 빙하로 1981년 유네스코 세계유산에 등록되었다. 눈앞에서 거대한 빙하를 바라보면 경외감이 저절로 든다.

신의 거처가 있다면

사실 특별한 목적을 갖고
떠나온 여행은 아니었어요.
한 갈래 두 갈래 길을 찾다 보니
마침내 남미 아르헨티나의 끝자락,
파타고니아의 남쪽까지 이르렀어요.
고요하고도 압도적인 풍경 앞에
숨이 멎을 듯해 멈출 수밖에 없었어요.
신의 거처가 있다면 저곳이 아닐까.
여행을 하다 보면 의도하지 않아도
어느 순간 거대한 풍경 속의
나를 찾아내고 말지요.
그 지점이 바로 여행의 출발점이자
종결점입니다.

Tip

이탈리아 부라노 부라노는 베네치아에서 7km 거리에 있는 작은 섬으로 산 마르코 광장에서 수상버스인 바포레토를 타고 45분 정도면
도착한다. 약 2,000명 정도의 주민이 살고 있는 마을이며 예전에는 레이스 산업으로 명성이 높았고, 현재는 관광이 주 수입원이다.
특히 집집마다 화사한 원색으로 색칠되어 있어서 마치 동화 속 마을 같은 느낌을 준다.

Italia, Burano

여행자의 감각

여행자는 해의 방향을 살피고,
구름이 흐르는 방향과 바람의 강도에
더욱 민감해야 합니다.
잘 여행하기 위해서이기도 하지만
순간을 놓치지 않기 위해서이기도 하지요.
여행자의 감각으로 보면,
매일 보는 석양도 영원한 찰나가 됩니다.
그날, 부라노를 산책하다 바라본
석양처럼요.
일상 속에 무디어진 그 여행의 감각이
무척이나 그리운 날들입니다.

빛나는 순간

여행자의 하루가 가장 빛나는 순간이 언제였나요.
이 길이 과연 옳은 길인지 의문에 잠겨 한참을 걷다
어둑한 풍경 사이로 드리운 부드러운 햇살이 눈동자를 가득 채웠을 때,
그 풍경이 선사한 부드러운 빛으로 다시 차디찬 숲으로 돌아갈 힘을 얻었을 때,
바로 그때가 여행이 가장 빛나는 순간이었어요.

Tip

오스트리아 잘츠카머구트 할슈타트 오스트리아의 잘츠카머구트 산악지대에서 가장 아름다운 호수 마을이 바로 할슈타트이다. 가파른 산비탈을 따라 16세기의 산장 같은 집들이 층층이 모여 있다. 잔잔한 할슈타트 호수와 다흐슈타인의 산들이 어우러진 풍경은 감탄사를 자아낸다.

Austria, Salzkammergut, Hallstatt

LANDSCAPE

Slovakia, Bratislava

낡은 벽

흐르는 세월은 어쩔 수 없는 일입니다.
낡고 해진 벽을 추억의 조각으로 그려가는 일,
담쟁이처럼 벽을 수놓으며 나만의 창을
그려가는 일이 여행자가 해야 할 일입니다.

Tip

슬로바키아 브라티슬라바 슬로바키아의 수도 브라티슬라바는
오스트리아와 헝가리의 국경에 인접한 도시이다. 비엔나에서 열차로 1시간
정도면 도착한다. 한 나라의 수도이지만 구시가는 도보로 다니기에 충분할
정도로 아담한 크기이다. 구시가 뒤편 언덕 위에 우뚝 서서 도시와 다뉴브
강을 굽어보고 있는 브라티슬라바 성이 랜드마크이다.

골목길, 빨간 자동차

낡은 골목길,
빨간 피아트.
어쩌면
가장 이탈리아스러운 골목.

마음은 여전히
그 골목에 머물러 있어요.

Tip

이탈리아 오르비에토 오르비에토는
움브리아 주 테르니 현의 작은
코무네(commune, 이탈리아에서 가장
기초적인 행정구역)이다. 화산 분출로 인해
응회암이 쌓인 작은 언덕 위에 드라마틱하게
자리를 잡고 있다. 가파른 화산 언덕 위
정상은 평지처럼 평평해서 도시가 들어설 수
있었다. 오르비에토의 화이트 와인은 특히
명성이 높다. 웅장한 두오모를 비롯해서
중세의 골목길이 그대로 남아 있다.

인생의 고개

어떤 이는 모래 언덕이라고 했고, 어떤 이는 듄이라고 불렀어요.
나는 그저 인생의 고개라고 부르겠어요.
끝을 알 수 없이 펼쳐진, 그저 굽이굽이 오르내려야 할 길.
마치 살수록 삶에는 답이 없고, 할수록 여행의 길은 불투명해지는 것처럼요.

Morocco, Sahara

Tip

모로코 사하라 사막 북아프리카 대륙의 광대한 영토를 차지하고 있는 사하라 사막은 동쪽의 나일 강, 북쪽의
지중해로부터 서쪽의 대서양 해안까지 펼쳐져 있다. 북아프리카의 모로코, 튀니지, 알제리, 리비아, 이집트, 말리 등
9개국에 걸쳐 있다. 모로코 여행의 경우 제일 남쪽에 위치한 메르주가 마을이 사하라 사막에 붙어 있어서 사막여행의
전초기지 역할을 하고 있다.

LANDSCAPE

주체와 객체

여행의 주체로
여행을 하면 할수록
깨닫는 건,
진정한 여행의 객체는
외부의 풍경도,
타인의 삶도 아닌
바로 자기 자신이라는
사실입니다.

Tip

모로코 라바트 대서양 해안가에 있는
모로코의 수도이다. 이슬람과 프랑스
식민지 시절 유산들이 남아 있는데,
이슬람 모스크와 생 피에르 대성당 같은
기독교 건축물이 공존하고 있다. 구시가인
메디나도 온전히 보존되어 있다. 12세기의
탑인 하산 탑이 상징적인 랜드마크이다.

우중 산책

빗소리 가득한
큰 나무 아래
홀로 걷는 일,
가끔 필요한 일입니다.

Netherlands, Middelburg

Tip

네덜란드 미델뷔르흐 네덜란드 제일란트 주의
주도인 미델뷔르흐는 운하를 따라 늘어선 전통
주택들과 구불구불한 골목길, 후기 고딕 양식의
시청사 등 중세의 느낌이 가득한 여유로운
소도시이다. 구시가는 도보로 여유롭게 돌아볼
수 있다.

구름도, 바람도, 나무도

어쩌면 우리는 아무것도 모른 채 살고 있는지도 모릅니다.
구름이 어떻게 교차하고, 종횡하고, 무진하는지.
길 위에 서보니 구름도, 바람도, 길가의 나무와 작은 들꽃도 신비롭습니다.
인생은 더할 텐데, 차마 안다고 말할 수 있을까요.

Italia, Dolomiti

Tip

이탈리아 돌로미티 이탈리아 북동부에 위치한 산맥으로 이탈리아 알프스를 대표하는 곳이다. 대표적인 관광 도시로는 베로나, 볼차노 등이 있다. 특히 볼차노는 돌로미티 여행의 관문과 같은 거점 도시이다. 돌로미티는 2009년 유네스코 세계유산으로 지정되기도 했다.

그 겨울

그 겨울 홋카이도.
시간을 공간으로
채울 수 있는 곳이 있다면,
바로 이런 곳이 아닐까요.
묵묵히 서 있는 나무 한 그루,
그 작은 풍경의 시간으로
위로를 얻었어요.

Japan, Hokkaido, Biei

Tip

일본 비에이 비에이는 일본 홋카이도
가미카와에 위치한 작은 마을이다. 이곳은
넓은 초원과 농장, 부드러운 언덕과
그림 같은 나무들이 선사하는 평화로운
풍경으로 유명하다. 여름철에는 다채로운
색채로 가득한 들판을 보려는 여행자들이,
겨울철에는 스키와 스노보드를 타거나
설경을 감상하려는 여행자들이 즐겨
찾는다.

Germany, Bamberg

건축의 박물관

건축의 박물관이라
불리는 옛 도시는
밤의 장막 속에 더욱
우아하게 빛났습니다.

도시의 밤을 바라보는 일은,
그대의 심장 소리를
듣는 것과 같습니다.

Tip

독일 밤베르크 밤베르크는 독일 바이에른 주에 속한 소도시이다. 다양한 양식의 중세 건축물로 가득해서 건축의
박물관이라고 불리는 곳이다. 화려한 벽화가 그려진 구 시청사는 특이하게도 마인 강을 가로지르는 아치형 다리
위에 우뚝 서 있다. 로마네스크 양식의 밤베르크 대성당은 4개의 탑과 다양한 석조 조각 장식이 인상적이다.
18세기 후반에는 헤겔, 호프만 같은 철학의 대가들이 여기서 살았다. 밤이 되면 조명이 비치는 구시가 건축물이
더욱 우아하고 아름답다.

걷는 속도

다정한 뒷모습이
따스해서
일부러 걷는 속도를
늦추고
조용히 걸었습니다.

풍경이든,
사람이든,
다정함이 좋습니다.

Tip

이탈리아 구비오 구비오는 움브리아 주에
속해 있으며 아펜니노 산맥의 작은 산인
인지노 산의 가장 아래쪽 산비탈에 둥지를
틀고 있다. 구비오 마을 아래 넓은 초록 평원
한가운데에는 로마 시대 원형극장이 그대로
남아 있는데, 세계에서 두 번째로 큰 규모로
알려져 있다. 짙은 회색 돌로 지어진 건물과
좁은 골목, 고딕 양식이 돋보이는 건축물들이
오르막 비탈을 따라 시간을 거슬러 오른다.
구비오에서 가장 유명한 체리축제는 구비오
주민들에게 큰 자부심을 주는 축제다.

Tip

체코 체스키 크룸로프 체코에서 프라하 다음으로 인기 있는 여행지는 단연 체스키 크룸로프이다. 남부 보헤미아의 블타바 강변에 고즈넉하게 자리를 잡은 체스키 크룸로프는 아름다운 구시가와 함께 고딕, 르네상스, 바로크 양식으로 건설된 웅장한 체스키 크룸로프 성이 시선을 붙잡는다. 성의 원통형 탑에 오르면 체스키 크룸로프의 아름다운 구시가와 주변 산들이 한눈에 펼쳐진다. 18세기 이후로는 새롭게 건설된 건물이 거의 없을 정도로 중세 건축의 보석 같은 곳이다.

Czech Republic, Cesky Krumlov

LANDSCAPE

아침 산책

몇 해 전 여름, 구시가 골목길로
발길 가는 대로 거닐던
체스키 크룸로프 아침 산책.
그 맑고 선선한 여행의 공기가
그리운 날입니다.

Chile, Valle de la Luna

달의 계곡

자연은 거대하고,
그 속의 여행자는
미미한 존재입니다.
일상에서는 시간과 공간의
틈바구니에서 고뇌하다
여행을 하는 순간,
자연의 거대함과
닮은 자유를 누립니다.
우리가 일상으로 돌아오자마자
다시 여행을 꿈꾸는 이유이기도
합니다.

Tip

칠레 달의 계곡 볼리비아 국경과 인접한 칠레의 산
페드로 데 아타카마 마을에서 약 10km 거리에 있으며,
현지 투어사를 통해 방문할 수 있다. 마치 달 표면처럼
살아 있는 식물이 없으며 하얀 눈처럼 덮여 있는 건
소금이다. 아주 오래전 바다가 융기해서 형성된 지역으로
다양한 지층과 기암괴석을 볼 수 있다.

Tip

모로코 셰프샤우엔 모로코 북서쪽 산 위에 있는 작은 마을. 특히 푸른색과 흰색으로
칠해진 집과 골목이 인상적인 곳이다. 푸른색으로 칠하는 이유에 대해서는 다양한 설명이
있다. 푸른색은 하늘과 천국을 상징한다는 종교적인 의미와 푸른색이 모기를 쫓아낸다는
실용적인 설명, 1970년대에 관광객을 끌기 위해 칠했다는 단순한 이유 등이다. 이유가
어떻든 셰프샤우엔의 구시가 메디나 골목길을 걸어보면 신비로운 감흥과 함께 아름답고
특별한 사진과 추억을 남길 수 있다.

푸른 골목

푸르게 살고팠는데
어느새 색채를 잃어버린 건 아닌지 모르겠어요.

푸른 하늘, 푸른 골목이
새삼 묵직한 깊이로 다가오네요.

Italia, Venezia

새벽의 언어

여행자는 낯선 도시의 밤과 함께
새벽도 보아야 합니다.
낮 시간에는 가질 수 없는
특별한 색채와 정서가
풍경을 채워주기 때문입니다.

Tip

이탈리아 베네치아 산 조르조 마조레 성당(San Giorgio Maggiore) 산 조르조 마조레는 베네치아의 섬들 중 하나이다. 이 섬은 베네치아 산 마르코 광장의 두칼레 궁전을 마주 보고 있다. 무엇보다 안드레아 팔라디오가 건축한 산 조르조 마조레 성당이 단연 시선을 끄는 랜드마크이다. 많은 예술가들의 시선에 담긴 성당인데 특히 인상파 화가 모네 또한 석양빛에 물든 이 성당을 멋지게 그려내기도 했다.

Tip

페루 마추픽추 페루 쿠스코 시의 북서쪽으로 80km 거리의 우루밤바 계곡에 있는 15세기 잉카 문명의 유적이다. 해발 2,430m의
고지대에 위치해 있다. 마추픽추는 '나이 든 봉우리'라는 의미이며 산 아래나 산자락에서는 전혀 보이지 않고 정상에 올라야만 온전하게
보이는 숨어 있는 비경이다. 약 400년 동안 잊혀 있다가 1911년 미국의 고고학자 하이럼 빙엄에 의해 발견되어 세상에 알려지게
되었다. 유네스코 세계문화유산이자 세계 7대 경이로 선정되었다.

Peru, Machu Picchu

마추픽추

비가 부슬부슬 내리고
먹구름이 가득한 날,
아쉬움을 안고 도착한
마추픽추.
부드럽게 흐르는 구름이
계곡에서부터 솟아올라
마추픽추 봉우리를
부드럽게 넘어갔어요.
아쉬움과는 달리 날이
흐리니 더 묘한
신비로움이 가득했어요.
흐리든 그렇지 않든
결국 중요한 건
여행의 조건이 아니라
바로 눈앞에서 마추픽추를
마주 보고 있다는
사실이었어요.

쿠스코 골목길의 저녁

Peru, Cusco

옛것과 현대가 공존하는 곳, 쿠스코.
길보다는 마음을 잃을 것 같은 묘한 에너지가 느껴지는 곳.

Tip

페루 쿠스코 페루 남부 안데스 산맥의 우루밤바 계곡 근처에 위치해 있으며 13세기부터 16세기 스페인
정복기까지 잉카 제국의 역사적인 수도였다. 1983년 유네스코 세계유산으로 지정되었다. 도시의 해발고도가
3,400m여서 고산병 증상을 느끼는 여행자들도 흔하므로 고산 지대에 적응이 필요하다. 마추픽추와 성스러운 계곡,
살리네라스 염전 등 잉카의 주요 유적지와 비니쿤카와 같은 페루의 자연을 둘러보기 위한 전초기지의 역할도 하고
있다.

Switzerland, Jungfraujoch

저 풍경처럼만

몇 번이나 보았던 융프라우를
군이 또 오른 건 변함없을
고요를 보기 위해서였습니다.
풍경의 꼭대기에는 고요함이 존재하고,
세상의 바닥에는 소란이 있습니다.
그곳에 오를 때면 저 풍경처럼만
살아야겠다고 조용히 다짐합니다.

Tip

스위스 융프라우요흐 해발 3,466m의 높은 고도로 인해 유럽의
지붕이라고 불리는 알프스의 고봉이다. 이곳에는 유럽에서 가장
높은 철도역인 융프라우요흐 전망대역(3,454m)이 위치해 있다.
정상역 매점에서 판매하는 신라면 컵라면은 우리나라 여행자뿐만
아니라 외국 여행자들에게도 인기가 높다.

Tip

이탈리아 피렌체 구시가 피렌체는 토스카나 주의 주도이자 중세 유럽의 무역, 재정의 중심지로서 가장 부유한 도시들 가운데 하나였다. 무엇보다 르네상스 문명을 꽃피운 산실로 '중세 시대의 아테네', '르네상스의 요람' 등으로 불렸다. 강력한 메디치 가문의 후원 아래 피렌체는 그 이름처럼 화려하게 문명의 꽃을 피웠다. 1982년 유네스코 세계유산으로 지정된 구시가의 골목길을 걸어보면 중세로의 시간 여행이 바로 이런 것이라는 생각이 절로 든다.

돌아보니

세월의 더께가
내려앉은 소박한
골목길을 따라
피렌체를 걷습니다.

하염없이 걷다 문득
지나온 길을 돌아보니,

…아름다웠어요.

우리 인생길도 그러면 좋겠어요.

Switzerland, Zurich

강물처럼

잔잔히 흐르는
리마트 강가에 앉아
건너편 구시가를
멍하니 바라보는 시간.

흘려보내면 다시
흘러오는 강물처럼
여행이 주는 힐링은
언제나
고마울 따름입니다.

Tip

스위스 취리히 스위스 연방에서 제일 큰 도시인 취리히는 인천에서 직항으로 12시간 내외면 갈 수 있다. 500여 개의
박물관, 100곳이 넘는 미술관을 자랑하는 문화의 도시이자, 패션과 디자인, 젊음의 열정이 넘치는 도시이기도 하다.
구시가를 흐르는 리마트 강은 취리히 호수와 이어져 있다.

Tip

이탈리아 비탈레타 예배당(Cappella della Madonna di Vitaleta) 이탈리아 중부 토스카나 주 시에나 현에 속해 있는 발도르차 언덕 위에
있는 작은 예배당이다. 예배당을 감싸듯이 서 있는 사이프러스와 함께 토스카나를 대표하는 아이콘으로 사랑받고 있다.

Italia, Val d'Orcia

여행자의 믿음

침묵의 힘.
응시의 치유.
풍경의 위로.
이 세 가지를
믿습니다.

AGAIN, TRAVEL :
VOLUME 2
HUMAN

사람의 온도

여행이 가장 빛나는 순간들
"그리운 건, 결국 사람이었습니다."

지구의 회전

세상은
늘 그렇듯이
사랑하는 존재를
중심으로
회전합니다.

Argentina, Salta

배낭 여행자와
구두닦이 노인

가끔 영화 속 한 장면 같은
모습을 만날 때가 있어요.

젊은 배낭 여행자와
구두닦이 노인의 만남처럼.

삶의 지향점이 다른 두 사람이
여행과 일상으로 교차하며
절묘하게 만나는 순간입니다.

Portugal, Lisbon

주저 없는 행복

흐린 날이었어요.
행인들도 거의 없는 쓸쓸한
리스본의 솔 광장.
거리의 악사 존과
몇 마디 이야기를 나누었어요.

이런저런 얘기를 나누다가
불쑥 던진 행복하냐는
도발적인 질문에,
주저함 없이 사랑하는 아들과
음악이 있기에 더없이
행복하다며 미소 짓던 존.

여행자도 비록 가난하지만
여행이 있어 행복하다며
서로 뭉클했지요.
오직 여행자를 위해
노래를 불러주던 그의 목소리가
그리운 날입니다.

과일상의 미소

페루에서 만난 한 과일상의 무뚝뚝하던 표정이
눈이 마주치자 미소로 바뀌었습니다.
낯선 여행이 부드럽고 따스하게
변하는 건 순간입니다.

> 35mm 렌즈는 찍히는 사람이
> 바로 알 수 있을 정도로 가까이 가야만
> 적절한 프레임이 나옵니다.

이 렌즈를 좋아하는 이유는
가장 인간적인 거리까지 다가가서
사진을 찍기 때문이죠.

> 이렇게 다가간 여행자를 향해
> 미소를 지어준다는 건 인간적으로
> 받아준다는 의미입니다.

그 미소가 고단한 여정에
지쳐가던 여행자에게
여행을 지속할 힘을 주지요.

Peru, Cusco

인연

여행의 미덕 중 하나는 타인과의 교감입니다.
단순히 예쁜 풍경을 보는 것도 의미 있지만,
서로의 여행을 응원하고 하루의 고단함을
위로하는 사람들을 만나지 못한다면,
여행이 이토록 그립지는 않을 것입니다.
10여 년 전 잘츠부르크에서
우연히 만나 인연을 맺은 친구 로버트.
진정한 우정은 함께한 시간만큼
단단해짐을 알려준 사람.
말보다 행동이 따뜻한 사람.
오랜만에 들른 잘츠부르크는 그와 함께 보낸
낭만적인 밤 덕분에 더욱 아름다웠습니다.

노신사의 자전거 타는 법

노란 옷의 노신사가
노란 자전거를 타고
노란 벽을 끼고
휘어진 골목길을 유유히 스쳐 갑니다.
자전거 실력을 뽐내듯이
두 손은 허리춤에 슬쩍 걸치고서
굽은 길도 몸의 중심을
자유자재로 잡고 그저 달립니다.

자전거 타듯이 인생이 자유롭게
흘러간다면 얼마나 좋을까요.
핸들에서 손을 떼고 균형만 잡으면
흘러가는 게 삶인데 억지로 더해지는
작위들이 삶을 얼마나 부자연스럽게
만들고 있는지요.

노신사의 자전거 타는 법을
배우는 일이 곧 삶의 지혜를
배우는 것일 테니,
잘츠부르크에 가면 노신사처럼
자전거를 타겠습니다.

가라테 아저씨

낯선 도시를 가늠해보기 위해 구시가를 어슬렁어슬렁 걷고 있는데,
갑자기 그가 앞을 가로막더니 이소룡 흉내를 냈어요.
태권도, 쿵후, 가라테 등을 이야기하다가 갑자기 몇 번의 합을 맞춰보게 되었어요.
그는 이소룡을, 여행자는 재키 찬을 롤모델로 삼았죠.
결국 승부는 내지 못한 채 뜨거운 악수를 나누었어요.
무술의 고수는 아니었지만 한눈에 알아봤어요. 여행의 고수라는 걸요.
그라치에 밀레Grazie mille, 감사해요, 가라테 아저씨!
유쾌한 웃음 주어서 고마웠어요. 언젠가 다시 만나요!

호기심 강아지

"아저씨, 요즘 무슨 일 있어요?
동네가 시끌시끌해요."

Japan, Naoshima

벨기에 삼 남매

벨기에에서 온 삼 남매 가족을 만난 건
나오시마 여행의 또 다른 즐거움이었어요.
내가 찍은 사진을 보고는 경외의 눈빛을 보내던,
아티스트의 재능을 가진 첫째 셀레스탄,
'쿨'한 척하다가도 관심을 받으면 좋아하던 둘째 제고,
그리고 태권도를 배웠다며 치마 입은 채로 발차기를
하던 개구쟁이 셋째, 쟌!
개성 강한 삼 남매의 환한 미소에 절로
웃음이 흘러나오던 순간.
잊지 못할 거예요. 나오시마의 삼 남매!

Hungary, Budapest

우리, 결혼했어요

온종일 무더위 속에 걸었던
부다페스트의 하루는
당신의 미소로 충분히 좋았어요.

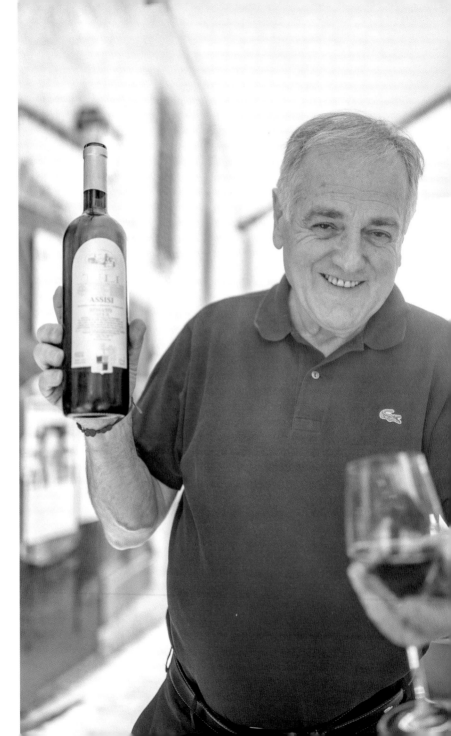

인생의 마에스트로

그로 인해 스펠로를 사랑하게 되었고,
움브리아를 알게 되었고,
이탈리아 와인을 맛보게 되었지요.
스치듯 사소했던 만남이 우정을 넘어
가족 같은 인연으로 이어졌지요.

낯선 여행자를 더욱 깊은 여행의 세계로 안내해준
인생의 마에스트로Maestro이자
이탈리아 파드레Padre, 아버지, 로베르토Roberto.
모든 여행은 나로 시작해서 타인으로
그리고 결국 우리로 돌아오는
사람과 사람 사이의 여정이었습니다.

이탈리안 브라더, 루카

아버지 로베르토를 도와서 8대째 가업을
이어가는 성실하고 유쾌한 청년이지요.
한 달 정도 머물던 어느 여름, 같이 장도 보러 가고,
와인 테이스팅 단체 손님이 몰려오면
함께 서빙도 했어요.

옆 동네 양파축제에도 놀러 가고
그의 단골 이발소에 가서 커트도 하고,
여자 친구 집에도 초대받아
함께 시간을 보내곤 했지요.

그의 20대와 30대를 함께하는
시간이 얼마나 감사한지 모릅니다.
곧 보자. 이탈리안 브라더, 루카!Ci vediamo, Luca!

Italia, Toscana

순례자

"걷는다는 건
살아 있다는 말입니다."
순례길에 만난 신부님의
이야기가 아직도
가슴을 두드립니다.

자연과의 교감,
타인에 대한 이해,
그리고 나와의
온전한 대화.
순례자만이 누릴 수 있는
특권이지요.

Peru, Vinicunca

무지개산 사람들

풍경은 거대하고 사람은 소소합니다.
고산을 뛰듯이 오르내리며
말을 끄는 그들을 그 거대한
풍경 속에서 만났습니다.

그들은 한 명의 여행자라도
더 말에 태우려고,
숨이 턱턱 막히는 해발 5,000미터
고지대를 부지런히 뛰어다녔습니다.

웅장한 풍경 아래 자신의 일상을
묵묵히 지키는 사람들,
결국에는 풍경보다 사람이
더 아름다웠습니다.

Italia, Assisi

수도사의 본 조르노

그를 생각하며
아시시를 걸었어요.

그리움은 자꾸만 커져
골목마다 이슬 같은
눈물 자국을 남겼어요.
빛 속에 걸어오던 수도사는
울고 있는 여행자에게
조용히 "본 조르노Buon giorno, 안녕하세
요." 하고 말했어요.
그 말이 더 서러웠어요.

프란체스코 길을 걸으며
그리움만 가득한 맘이
더 서러워 울었어요.

카를로 아저씨

여행자는 이탈리아어가 서툴고,
그는 영어가 서툴지요.
하지만 그는 수다 떨기를 좋아해요.

여행자를 구석구석 데리고 다니며 건물 하나하나,
성당의 역사와 내부 장식, 그림, 조각상에 대해
설명해주는 것도 좋아하지요.
가쁜 숨을 몰아쉬며,
유창한 이탈리아어로 말이에요.

그런데 참 이상하게도, 그의 설명이 전해져요.
이런 게 이심전심 마음으로 주고받는 대화인가요?

어느새 10년 가까운 세월이 흐르고
그의 등은 더욱 굽었지만,
그와 함께한 단풍 물든 가을날은
그 어느 때보다도 따스했어요.

India, Varanasi

아버지의 세상

아들아, 나의 세상은 너의 미소면 충분하단다.

Switzerland, Gruyère

미소 불어주기

스위스의 남쪽 푸른 자연 속
작은 중세 마을,
그뤼에르.
그곳에는 화가 자노Jeannot가 살아요.

멀어지는 친구를 향해 있는
힘껏 마음을 불어주었던 친구.
여행자에게 아낌없이 마음을 보여주고
나누어준 따뜻한 사람.

우유니의 초록별 유치원

멀고 먼 남쪽 나라 볼리비아에서도
아득한 오지의 땅,
우유니 골목을 산책하고 있었어요.

갑자기 눈앞을 스쳐 좁은 문 틈으로 들어가는
초록별 유치원 아이.
소금바람이 불어오는 황량한 우유니 마을에서
초록별 유치원 아이는 명랑했어요.

모국의 언어를 보고 울컥했던 마음은 분명
여행길이 고생스러웠기 때문만은 아니었을 거예요.
지나쳐온 공간의 아득함, 흘러가버린 유년의 아련함,
삶은 그렇게 흐르는 게 일상인데,
늘 머물러 있는 마음이 말썽이지요.

어쩌면 초록별 유치원은 늙지도 시들지도
않는 여행자의 마음인지도 몰라요.

Bolivia, Uyuni

Japan, Shikoku

여행길 친구

여행을 하다 보면 친구가 될 수밖에
없는 상황들이 필연처럼 이어지는 경우가 있지요.

독일 이야기로, 끝없는 여행 이야기로 우리는 친구가 되었습니다.

먼 여행을 갈 때마다 챙겨 가는 작은 기념품을 선물로 주니
아이처럼 환히 웃으며 고마워하는 친구들.
내가 더 고마워요!

세상을 지탱하는 것들

여행자들로 소란스러운
피렌체 두오모 성당 앞.

눈빛만으로 교감을 나누던
캐롤리나와 비올라의 모습 속에서

세상을 지탱하는 건 어쩌면 서로를 향한
따스한 마음이라는 생각이 들었습니다.

Italia, San Gimignano

인생의 맛

세계 젤라토 챔피언이자
심사위원인 돈돌리Dondoli 아저씨는
이탈리아에서도 손에 꼽히는 진정한 젤라토 장인이죠.

"내 젤라토는 '돌체 아마로Dolce Amaro'야. 달콤하면서도
쓰다는 뜻이지. 그게 바로 인생의 맛이지."
그의 짧은 몇 마디가 새삼 묵직하게 들려왔습니다.
돌아보면 그리운 건 풍경이 아니라 사람이었고,
그 속의 진짜 마음이었습니다.

Argentina, Buenos Aires

쉘 위 탱고

탱고가 일상인 나라,
탱고가 삶의 방식인 나라,
'열정'의 또 다른 말,
탱고 그리고 부에노스아이레스.
춤을 추는 것은 살아 있다는 뜻이자
그래도 사랑하겠다는 의미.
탱고를 추는 일이 '생의 기쁨'이라는 고백입니다.

Italia, Manarola

마나롤라 신부

인생이 늘 축제일 수는 없지만,
적어도 오늘은 그런 날일 거예요.

현재를 즐겨요. 내일이란 말은
최소한만 믿어요. Carpe diem, quam minimum credula postero

Czech Republic, Praha

원맨밴드, 루벤

프라하 구시가 광장에서 흥겹게 노래하던 그는
오늘은 프라하에서 내일은 또 다른 도시에서
노래하며 여행을 할 거라고 했습니다.

스스로를 원맨밴드라고 소개한 청년 루벤,
언젠가 어느 여행길에서 다시 반갑게 조우하기를.

아침을 걷는 산책자

아침을 걸으며 지난 여정을 돌아봅니다.
인생은 신비의 상자와도 같아요.
어느 순간 예기치 못한 일들이 벌어지지요.

살다 보면 계절의 순환도 알겠고,
세상의 이치도 보이고,
어느새 생로병사도 받아들이는 시간이 옵니다.

그래도 여행 덕에 살아가는 일이 늘 새롭고
사랑하는 일이 감격스럽고 놀라운 날들입니다.

여행의 순간,
이른 아침 산책은 마법과 같습니다.

Austria, Salzburg

작은 기적

여행길에 우연히 만나 소중한 인연이 되는 작은 기적,
이런 게 여행이 선사하는 가장 멋진 선물 아닐까요?

정성스러운 전통 요리, 아름다운 아코디언 연주,
10년 전 알려준 한글을 떠올려 고이
이름을 써서 한쪽 벽에 걸어놓고
이방인 친구를 기다려준 가족들,
이걸 보고 어찌 울컥하지 않을 수 있겠어요.

아빠는 슈퍼 히어로

아버지의 존재가 슈퍼 히어로이던 어린 시절.

부키리키 아저씨

루마니아의 시골 장터에서 만난 집시,
부키리키 아저씨.
말 두 마리가 이끄는 수레에 골동품을
잔뜩 싣고 와서 장터에서 팔고 있었지요.
낯선 여행자와도 흥겹게 인사하고,
카메라 앞에서 노래도 하고,
춤도 추던 멋쟁이 집시.

오래 기억하고 싶어 남긴 사진 속
그의 진중하고 형형한 눈빛은,
그가 살아온 파란만장한
삶의 파도를 고요히 담고 있었습니다.

Romania, Mănăstirea

사막의 베르베르인

낯선 여행자의 행색을
유심히 살피던 그는 말없이
여행자의 터번을 풀고는,
다시 그의 방식대로
머리와 얼굴 위로 터번을
둘러 씌웠습니다.

신기하게도 머리와
얼굴 사이로 바람이
흐르기 시작했습니다.

사막에서 살아남기 위한
나름의 터번 매는 법이
있는 듯했습니다.

답답하고 덥기만 했던 터번이
시원한 바람길을 만드는
특별한 도구가 되는
순간이었지요.

여행자의 표정이 밝아지자
그는 사막 능선에 가만 누워
희미한 미소를 지었습니다.

Morocco, Sahara

Bolivia, Potosí

포토시 노점상

여행자의 시선이
당신에게 상처가
되지 않기를 바랍니다.

　　무심코 눌렀던
　　여행자의 카메라 셔터가
　　당신께 칼날이 되어 다가가지
　　않기를 바랍니다.

사람에 대한 존중이 없다면
여행의 의미, 사진의 가치가
무슨 소용이 있겠습니까.
여행과 일상이 따스한 배려와
호의 속에 공존하기를
바랄 뿐입니다.

거리의 악사

작은 골목길, 한 노인이 바이올린을 켭니다.
사람들이 무심히 스쳐 가도 개의치 않습니다.
때론 구슬프고, 때론 명랑한
그의 연주가 이렇게 말하는 듯합니다.

'누가 들어주지 않으면 어떤가요.
남을 위해 애쓸 것 없지 않나요.
바이올린도, 인생도, 지금 나 자신을 위해
연주하기에도 시간이 아깝지 않나요.'

Croatia, Zadar

이제야 알겠습니다

이른 아침 눈뜨는 일이
왜 이리 설레는지,
이제야 알겠습니다.

바람결에 달콤한 향기가
왜 이리 잔뜩 묻어 있는지
이제야 알겠습니다.

노을빛이
왜 이리 가슴을 뛰게 하는지
이제야 알겠습니다.

청춘은 그저 아름다운 것

옆 동네에서 양파축제가 열린다고 함께 가자는 이탈리아 친구들을 따라
이름도 낯선 동네에 갔어요.
그날 밤 축제 행사장의 모든 테이블에는 양파 요리가 가득했어요.
양파가 많이 생산되는 동네라서 이런 축제가 생겼다고 하네요.
온 동네에 양파 향기가 진동하고 청춘들의 얼굴에는 웃음꽃이 활짝 피어났어요.
현재에 충실하며 인생을 즐기는 청춘이 참으로 아름답다는 생각이 들었어요.

Italia, Cannara

모험가

여행자는 모험가입니다.
때로는 고독하고 때로는 겁이 날 때도 있습니다.
인생도 여행도 외줄 타기처럼 아찔하지만 계속 나아가는 것,
그게 여행자의 일입니다.

Switzerland, Moléson

AGAIN, TRAVEL :
VOLUME 3

HISTORY

역사의 공간

시간을 짓는 공간들
"진정한 여행자는
공간 여행자가 아니라 시간 여행자입니다."

성자의 언덕

가난의 성자 프란체스코,
그가 맨발로 걸었을
언덕길에 서서 가만
올려다보니 구름이
빠르게 흘러갑니다.
구름은 흐르라고
저기 있는 것이고,
바람은 불어 가라고
거기 있는 것이며,
사람의 마음은
상처받으라고 여기에
있는 건지도 모르겠습니다.
일상이 고단한가요?
아시시를 향해 길을
떠나보세요.
그리고 성당 앞 언덕에
올라 흐르는 구름을 보세요.
그 언덕 위에 서면
속세의 모든 번민이
금세 증발해버릴 테니까요.

Italia, Assisi

Tip

이탈리아 아시시와 성 프란체스코 이탈리아 중부 움브리아 주의 수바시오 산자락에 자리 잡은 아시시는 성자 프란체스코의 고향이자
그가 활동한 주무대로 유명한 곳이다. 주변으로는 포도밭과 올리브 나무가 우거져 있고, 마을 아래로는 움브리아의 평원이 넓게 펼쳐져
있는 평화로운 곳이다. 성 프란체스코의 묘가 안치된 아시시의 성 프란체스코 바실리카는 웅장한 규모를 자랑한다. 아시시 구석구석 옛
시간의 흔적이 쌓여 있는 골목길은 운치가 넘친다.

Tip

프랑스 비비에르 비비에르는 남프랑스 론 강변에 있는 중세 도시이다. 운치 있는 론 강이 흐르고 완만한 언덕을 따라 중세 마을이 그대로 남아 있다. 옛 주교의 궁전이었던 시청사, 생 빈센트 대성당, 르네상스 양식의 파사드(façade, 건축물의 정면부)가 화려한 16세기 기사의 집 등 중세 건축의 보고와 같은 곳이다.

France, Viviers

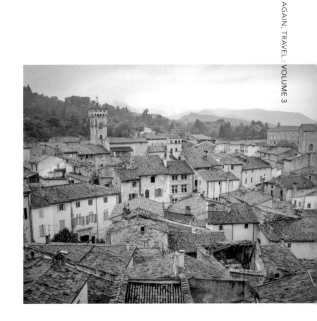

시간 여행

가을비에 젖은 중세 마을 비비에르를
배회했습니다.
산등성이를 따라 안개가 마을 깊숙이
스며들었고, 빗물은 기울어진 골목길을 따라
하수도로, 강으로 다시 흘러들었습니다.

여행이란 그렇게 배회하다 길을 잃고,
다시 찾고, 또 왔던 길을 되돌아가는
과정입니다.
그 과정 속에서 얻는 묘한 흥분과
뜻하지 않은 인연, 풍경의 미학이
여행의 잔을 채운다면 여행자는
그저 행복합니다.

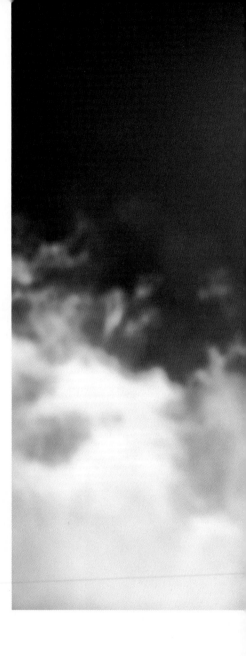

채플린이 말했다

"인생은 멀리서 보면 희극이지만,
가까이서 보면 비극이다."

그가 생의 마지막을 보낸 곳.

Tip

스위스 라보와 찰리 채플린 스위스 레만 호수를 따라 30km 정도 길게 펼쳐진 포도밭 지역을 라보 지구라고 한다.
로잔에서 몽트뢰까지의 구간이다. 포도밭 사이사이 정감 가득한 마을들이 들어서 있다. 몽트뢰와 이웃한 브베는 특히 찰리
채플린이 생애 마지막 24년을 보낸 곳으로 유명하다. 브베의 호반 산책로에는 턱시도에 중절모를 쓰고 지팡이를 짚고
있는 채플린의 동상이 레만 호수를 바라보며 서 있다.

Switzerland, Luzern

시간의 거울

강물이 흐르니
세월도 흐릅니다.
흐르는 세월을 보니
지나온 길도 보입니다.

지나온 길을 보니
가야 할 길도 그려집니다.
여행은 시간을 보는 거울과
같습니다.

과거와 현재, 그리고 미래를
함께 보는 마법의 거울.

Tip

스위스 루체른 중세의 모습이 그대로
남아 있는 루체른은 스위스 여행의 필수
코스이다. 루체른을 여행할 때 하루
정도는 루체른 호수 주변을 둘러보는
일정으로 할애해도 좋다. 루체른 호수는
바로 스위스 건국의 무대이자 윌리엄 텔의
이야기가 전해오는 스위스 역사와 전설의
중심이기 때문이다.

고성과 불꽃

수백 년 성 위로 불꽃이 번쩍.
긴 세월도 어쩌면 단 한 번의
화려한 연소처럼 찰나일지 모릅니다.
길 위에서 종종 슬퍼지는 까닭은,
견고해 보이는 모든 것들이
불꽃처럼 연기처럼 금세 스러져 잡을 수
없다는 걸 알기 때문입니다.
여행자는 압니다.
이 찰나의 순간이 얼마나 소중한지요.

Tip

일본 시코쿠 고치 시코쿠 섬의 고치는 산과 강, 그리고 태평양
해안으로 둘러싸인 소도시이다. 특히 고치는 일본에서 가장
온전히 보존된 봉건시대 성, 고치 성이 도시 제일 높은 곳에 우뚝
서 있다. 또한 수백 년 역사를 자랑하는 활기찬 일요일 시장은 수백
개의 노점상들이 거리를 따라 길게 이어져 있어서 장관이다.

Switzerland, Montreux

머큐리의 안식처

그룹 퀸의 리더,
프레디 머큐리가 사랑한 몽트뢰.
그의 마지막 앨범,
〈메이드 인 헤븐Made in Heaven〉이
만들어진 곳이 바로 몽트뢰입니다.
레만 호숫가의 휴양 마을
몽트뢰는 아마 그에게는
천국 같은 곳이었을 것입니다.
나만의 몽트뢰가
하나쯤 있는 사람은
분명 행복한 사람일 거예요.

그날 그 햇살은 정말
눈부셨습니다.

Tip

스위스 몽트뢰와 프레디 머큐리 몽트뢰는 스위스 레만 호수 북동쪽 끝에 자리 잡은 휴양 도시이다. 시인 바이런 경, 빅토르 위고, 구스타브 에펠, 간디, 찰리 채플린 등 수많은 유명인사들이 이곳을 찾았다. 특히 그룹 퀸의 리더 프레디 머큐리는 평화로운 몽트뢰의 매력에 빠져 녹음실을 만들고 이곳에서 그의 마지막 유작 앨범 〈메이드 인 헤븐〉을 남겼다. 몽트뢰를 사랑했던 그를 기리기 위해 레만 호숫가에 그의 거대한 조각상을 세웠다.

Tip

이탈리아 치비타 디 바뇨레조 치비타 디 바뇨레조는 중부 이탈리아의 비테르보 주에 있는 언덕 위의 아주 작은 마을이다. 조금씩
허물어지고 있는 언덕 위에 세워진 마을이어서 대부분의 주민들은 바깥으로 나가서 살고 있으며 실제로 남아 있는 주민은 7명
정도라고 한다. 영화 〈천공의 성 라퓨타〉의 모티프가 되기도 했다. 관광지여서 성수기에는 주민보다 관광객이 훨씬 많이 오간다.

Italia, Civita di Bagnoregio

천공의 성, 치비타

구름이 흐르고, 세월이 흐르고,
도시는 소멸해도
결국 남는 건 마음과 추억입니다.

〈천공의 성 라퓨타〉의 배경이 된
도시에 머물던 사흘.
실제 살고 있는 주민은 7명,
그리고 이방인 여행자 1명.
마을이라야 5분 한달음에
가로질러 돌아볼 수 있는 곳.
그저 흘러가는 것들을 바라보던 시간들.
시간이 생쥐처럼 허물고 있는
천공의 성, 치비타입니다.

India, Varanasi

Tip

인도 바라나시 바라나시는 옛날 인도 카시 왕국의 수도였고, 힌두교 최대 성지이다. 힌두교 순례자들은 바라나시 앞을 흐르는 갠지스 강에 몸을 담그기 위해 모여든다. 갠지스 강은 힌두교도들에게는 성스러운 장소이다. 강가의 층계 혹은 계단을 의미하는 가트(ghat)에는 수많은 순례자와 강에 몸을 담그고 그 물을 마시기 위해 온 사람들로 늘 붐빈다. 또한 장례를 치르는 곳이기도 해서 강가에서 화장을 하는 모습을 흔히 볼 수 있다.

신의 은총을 향해

신과 인간, 삶과 죽음, 사랑과 미움, 희망과 절망,
그 모든 것들이 섞여 흐르는 강,
갠지스 강 너머 붉은 해가 크게 떠올랐습니다.

누구나 마주 볼 수 있는 이른 태양은
어쩌면 신의 은총인지도 모르겠습니다.

소원을 비는 촛불인 디아를 파는 어린아이가
새벽부터 강가에 나와서 이 배에서 저 배로
뛰어다니는 뒷모습이 애처로우면서도 아름다웠습니다.

삶이란 게 단순하지 않은 수수께끼여서
세상을 알아갈수록 인생은 더욱 모르겠습니다.

그래도 노를 저어 강가에 닿으면
저 태양을 향해 성큼 다가가겠습니다.

그게 갠지스 강변에서
여행자가 할 수 있는 유일한 삶의 행위이기에.

디아 하나 불을 붙이고 나룻배 한쪽에 조심스레
올려두고는 여행자는 소년을 계속 찾았습니다.

언덕에서

언덕에 오르고 나서야 비로소
도시의 전경을 감상할 수 있듯이
인생도 세월의 언덕을 힘겹게
오른 후에야 삶을 조망할 수 있습니다.

애써도 보이지 않던 뒤안길과
아무리 고뇌해도 방향을 찾을 수 없던
막다른 길들이 명확하게 보이는
세월의 지점이 있습니다.

언덕길을 올라 마침내 겔레르트 언덕에
이르러서야 비로소 만난
부다페스트의 진짜 모습처럼.

그러니 인생의 언덕길을 오르는
일을 즐거워해야 합니다.

 Tip

헝가리 부다페스트 겔레르트 언덕(Gellert Hill) 헝가리의
수도 부다페스트의 기원이 바로 겔레르트 언덕이다. 언덕
정상에는 합스부르크 제국 시대에 건설된 성채가 남아
있다. 이 성채는 외적의 침입을 막기 위한 것이 아니라
일반 서민들이 주로 살았던 다뉴브 강 건너편의 페스트
지구에서 발생하던 독립운동을 감시하기 위한 용도였다.
이 언덕에 올라 내려다보는 부다페스트의 전경이
환상적이다. 왕궁과 어부의 요새가 있는 부다 지구,
다뉴브 강과 세체니 다리, 그리고 국회의사당이 있는
페스트 지구까지 한눈에 조망할 수 있다.

Italia, Siena

빛과 그림자

마음에 그림자가 지면
주저 없이
캄포 광장으로 가세요.
그 광장에 비스듬히 누워
강렬하게 쏟아지는 햇살에,
세상에 찌든 마음의 빨래를
펼쳐놓으면 됩니다.

Tip

이탈리아 시에나 캄포 광장(Piazza del Campo)
캄포 광장은 이탈리아 중부 토스카나의 시에나 구시가
중심에 있는 광장이다. 살짝 경사진 조개 모양의
광장으로 푸블리코 궁전과 만자 탑, 그리고 광장을
둘러싼 고풍스런 건축물로 가득하다. 15세기까지
상업과 교통의 중심지로 발전했고, 라이벌 피렌체와 늘
경쟁하다가 결국 전쟁에서 패함으로써 쇠락을 길을 걷게
되었다. 매년 여름이면 시에나의 자치구를 대표하는
기수가 안장 없는 말을 타고 캄포 광장을 세 바퀴 도는
경주인 팔리오 축제가 열린다.

Switzerland, Schaffhausen

가끔은 믿고 싶어요

가끔은 잃어버린 동화 같은 세상을 믿고
싶어집니다.

날카로운 칼 위를 걷는 게 현실이지만
여행은 잠시나마 새로운 창문을 열어주니까요.

아름답게 장식된 창문들이 여행자를 맞아주는
스위스의 샤프하우젠처럼요.

Tip

스위스 샤프하우젠 '배의 집'이라는 이름의 샤프하우젠은 예전부터 라인 강의 수운
교역으로 번영한 도시였다. 화려한 벽화가 그려진 구시가의 집들이 그 당시 이 도시가
얼마나 발전했는지를 알려준다. 고딕, 르네상스 양식의 건축물에 화려한 장식이 더해진
퇴창은 샤프하우젠 최고의 볼거리이다. 퇴창은 18세기 부유한 상인들이 자신의 부와
취향을 자랑하기 위해 고안한 창문이다. 그래서 샤프하우젠은 '퇴창의 도시'라는 별명으로
불리기도 한다.

Tip

시리아 팔미라 팔미라는 시리아의 수도 다마스쿠스 북동쪽으로, 시리아 사막에 있는 오아시스 도시이다. 황량한 사막 한가운데 놀라운 고대 문명과 건축 기술의 도시가 우뚝 서 있다. 1세기부터 3세기까지 고대 로마의 중요한 문화 중심지였고, 특히 그리스 로마의 기술에 페르시아의 영향이 혼합된 독특한 매력을 가진 곳이다. 현재는 시리아 내전으로 많이 파괴되었고, 자유롭게 여행하기도 힘든 곳이다.

Syria, Palmyra

광야

어느 해였던가요.
시리아의 팔미라 광야에서
바라본 왕들의 무덤.

그곳엔 또 다른 시간이
묻혀 있고, 역사가
잠들어 있어요.

여행은 늘 과거와
현재의 경계를 걷는 일입니다.

도시의 밤

하염없이 순환하는 길,
링슈트라세.
여행자는 비엔나의
밤을 거닐었습니다.
그 길은 뫼비우스의 띠처럼
여행자로 하여금 비엔나 구시가를
계속 순환하게 했습니다.

애틋함만이 남아 알 수 없는
서러움이 차오르던 밤이었어요.
여행의 끝이 아쉬웠을까요.
아니면, 돌아갈 현실이
마뜩잖아서였을까요.

나중에는 그마저 잊고
그저 링슈트라세를
오래도록 순환했습니다.
비엔나의 밤이 그러했습니다.

Tip

오스트리아 비엔나 링슈트라세(Ringstrasse) 링슈트라세는 오스트리아 비엔나의 역사적인 중심부를 둘러싼 순환도로를 말한다. 예전 구시가를 감싸고 있던 요새가 서 있던 자리에 순환도로가 건설되었다. 19세기 중엽에 옛 도시를 해체하고 새롭게 건설하던 시기에 만들어진 대로이다. 1860년대부터 1890년대까지 많은 공공건물들이 고전주의, 고딕, 르네상스, 바로크 양식 건축의 요소들을 활용해서 링슈트라세를 따라 지어졌다.

Italia, Val d'Orcia

막시무스의 길

영화 〈글래디에이터〉.
마르쿠스 아우렐리우스의
치세가 전성기를 이루던 시대.

우여곡절 끝에 검투사로
전락해 죽음을 눈앞에 둔
장군 막시무스가 떠올린 건
아름다운 발도르차의
집이었습니다.

아련한 가족의 얼굴과 손끝에
닿은 까칠한 밀 이삭의
질감까지 느껴지던 장면들.
죽음의 환영 속에
막시무스가 걸어가던 그 길.

바로 이 길입니다.

Tip

이탈리아 발도르차 발도르차는 시에나 남쪽으로 펼쳐진 구릉지대로 완만한 언덕의 곡선들과 사이프러스, 그리고 산재해 있는 중세 마을과 포도밭들로 이루어진 토스카나에서 가장 아름다운 지역이다. 피엔차, 산 퀴리코 도르차와 같은 중세 마을, 사이프러스가 일렬로 늘어선 아그리투리스모(농가 민박) 등 자연과 인간의 삶이 가장 조화를 이루며 살 수 있는 곳이다. 발도르차는 2004년에 유네스코 세계유산으로 지정되었다.

Tip

헝가리 에스테르곰 에스테르곰은 헝가리의 수도 부다페스트에서 북서쪽으로 46km 떨어진 다뉴브 강변에 위치해 있다. 다뉴브 강을 사이에 두고 슬로바키아와 국경을 접하고 있다. 에스테르곰의 바실리카 성당은 헝가리에서 제일 크고 높은 규모를 자랑한다. 길이가 118m, 폭이 49m, 돔의 직경도 33.5m에 이른다. 성당 내부에서 소리의 잔향이 9초 이상 갈 정도로 공간이 크고 높다.

Hungary, Esztergom

결

그 강가에서 깨달았어요.
풍경보다 먼저인 존재가
늘 곁에 있었다는 걸 말이에요.

Bosnia and Herzegovina, Mostar

공존의 도시

저녁 어스름이 깔리자
모스타르는 더욱 고요했습니다.
두 종교가 평화롭게 공존하는
모스타르의 강물 위로
가벼운 바람이 불었습니다.

강을 사이에 두고 이슬람과
기독교가 나뉘어 있지만
갈등보다는 평화가
더 가득한 마을.
사람이 그어놓은 경계에
상관없이 밤의 푸른빛은
모든 걸 물들였습니다.

Tip

보스니아 헤르체고비나 모스타르 모스타르는 보스니아 헤르체고비나 남부에 있는 도시로 헤르체고비나 지역에서는 가장 큰 도시이다.
네레트바 강이 구시가를 가로지르고 있는데, 강 위의 다리를 지켰던 '다리 파수꾼들'을 의미하는 'mostari'에서 유래했다. 오스만 제국의
지배 시기에 오래된 다리를 뜻하는 '스타리 모스트(Stari Most)'가 건설되었고 이후 모스타르의 상징과도 같은 다리가 되었다. 강을
사이에 두고 이슬람 모스크와 기독교 성당이 공존하고 있다는 점이 인상적이다.

기도

바라나시에 밤이 왔습니다.
갠지스 강도 어둠에 묻혔습니다.
그제야 비로소 기도의
불이 켜졌습니다.
알아들을 수는 없지만,
가슴으로 전해지는 간절함이
뜨거웠습니다.
진정한 기도는 그런 뜨거운
무엇입니다.

Italia, Cremona

광장의 연주

크레모나의 공기 속에는
작은 음표들이 숨어 있는 것
같아요.

굽은 골목길의 소나타와
드넓은 광장의 심포니가
가슴을 두드리지요.

노을빛에 물드는
두오모는 절정의
스트라디바리우스바이올린 같아요.

Tip

이탈리아 크레모나 크레모나는 이탈리아 북부 롬바르디아
주에 속한 바이올린 제작으로 명성이 높은 소도시이다.
바이올린 박물관 스트라디바리우스 컬렉션은 이 도시의
명성의 기원이기도 하다. 구시가의 코무네 광장에는
크레모나 대성당이 웅장하고 화려한 아케이드와 압도적인
규모로 시선을 사로잡는다. 시내 곳곳에는 바이올린
장인들의 공방이 있으며 수제 바이올린의 우아한 자태를
엿볼 수 있다.

긴 시간의 걸음

긴 세월이 바다처럼 흘렀고 거친
바람이 계곡을 타고 사라졌습니다.
깊음 속에 있던 바다가 솟아올라
땅속 깊이 보석처럼 빛나던 암염이 녹고 녹아
흰 계곡을 만들던 시절이 지금껏 이어져왔습니다.

사람의 생이 세월 앞에 허망하고
자연 앞에는 보잘것없어 보여도
이렇게 반듯한 염전을 만들어냈습니다.
그 사이로 걸어오는 이는 어쩌면
긴 시간의 걸음인지도 모릅니다.

Tip

페루 살리네라스 데 마라스 페루의 쿠스코 근교 '신성한 계곡'에 있는 마라스는 해발 3,000미터가 넘는 고도에 조성된 계단식 염전으로 유명하다. 약 5,000개의 작은 염전들이 비탈진 언덕에 층층이 계단처럼 모여 있는데 이는 잉카 시대부터의 유적이다. 현재도 페루 최고의 소금을 생산하고 있다. 계곡을 둘러싸고 있는 우루밤바 산은 만년설에 쌓여 더욱 신비롭다.

Peru, Salineras de Maras

브로츠와프 소나기

빗속의 풍경은 뭔가 회화적이죠.
빗소리는 메마른 도시에 들려주는
자연의 음악이기도 해요.
우산 속에 여행자의 여린 마음을
감추어두기에도 적당하지요.

Tip

폴란드 브로츠와프 브로츠와프는 폴란드 남부 슐레지엔의
중심 도시이다. 중세의 모습이 고스란히 남아 있는 구시가는
아름다운 건축물로 둘러싸인 시장 광장(Rynek)이 중심이다.
천문 시계가 달려 있는 고딕 양식의 옛 시청사가 광장의
랜드마크 역할을 하고 있다. 2016년 유럽 문화의 수도로
선정되기도 했다. 특히 구시가 시장 광장을 비롯해 구시가
곳곳에 숨겨져 있는 난쟁이 조각상들을 발견하는 즐거움이
쏠쏠하다.

Austria, Salzburg

선율이 빚어낸 공간

모차르트의 선율과
〈사운드 오브 뮤직〉의 화음이
가득한 골목 따라
푸른 밤이 내리면 사람들은
각자의 집으로 돌아갑니다.

밤의 공간 속에 휘영청
밝은 달 하나 떠오르고,
뜨거웠던 대기를 식혀주는
바람이 불어오지요.
잘츠부르크는 오랜 세월의
단련으로 빚어진
예술품과 같습니다.
그런 잘츠부르크를
닮고 싶습니다.

Italia, Firenze

꽃의 성모 마리아

잔잔한 호수 같기도 하고,
따스한 하늘 같기도 합니다.
꽃의 성모 마리아,
피렌체의 두오모!

Tip

**이탈리아 피렌체 산타 마리아 델 피오레 성당
혹은 두오모(Cattedrale di Santa Maria
del Fiore)** 피렌체 대성당의 원래 이름은
'꽃의 성모 마리아 대성당'이다. 피렌체를
대표하는 상징이며 구시가의 중심에 있는
랜드마크이다. 당대 최고의 건축가들이
참여해서 약 140년에 걸쳐 완공된 역작이다.
특히 필리포 브루넬레스키가 설계한
돔은 세계에서 가장 큰 규모를 자랑하는
건축사적인 기념비이다. 돔 꼭대기에
올라가서 내려다보는 피렌체의 전경도
인상적이며, 영화 〈냉정과 열정 사이〉의
배경으로 등장하기도 했다.

두브로브니크였습니다

시간이 멈춘 도시라고 부르겠습니다.
성벽 위를 걷다 보니
진정한 여행자는 공간 여행자가
아니라 시간 여행자라는 생각이
들었습니다.
구시가의 붉은 지붕이 낸 길로
시선을 따라가보면
갑자기 짙푸른 아드리아 해의
수평선이 눈동자를 철썩,
차갑게 때리곤 했습니다.
그렇습니다.
두브로브니크였습니다.

Tip

크로아티아 두브로브니크 성벽길 크로아티아의
두브로브니크는 아드리아 해에 접해 있는
건고한 요새 도시이다. 두꺼운 성벽에 둘러싸인
구시가는 옛 모습 그대로이다. 바로크, 르네상스,
고딕 양식 등 다양한 시대를 보여주는 건축물이
온전하게 남아 있으며, 수많은 여행자들로
반들반들해진 길들은 오랜 세월과 함께
여행자들의 사랑을 받는 도시임을 알려준다.

Croatia, Dubrovnik

Jordan, Petra

HISTORY

장밋빛 도시

붉은 바위 협곡을 얼마나 걸었을까.
갑자기 시야가 넓어지면서
알카즈네Al-Khazneh 사원이
불쑥 눈앞에 나타났어요.
그 옛날 수많은 상인들과 순례자들,
민족들이 살다 간 수천 년 시간의 공간.
붉은 시간의 계곡, 페트라!
어떤 이는 "영원의 절반만큼 오래된,
장밋빛 붉은 도시"라고도 했지요.
여행이 신비로운 건 바로
그 역사와 현재가 만나는 까닭입니다.

요르단 페트라 페트라는 요르단 남서쪽 사막 가운데 있는 고고학 유적지이다. 기원전 300년 무렵 나바테아 왕국의 수도였으며 바위라는 뜻의 페트라 이름처럼 바위를 깎아 만든 암벽으로 세운 도시였다. 암벽들은 붉은 사암이 주성분이어서 그 붉은색으로 인해 '장밋빛 도시'라고 불리기도 한다. 좁은 협곡을 따라 1km 정도 들어가면 페트라 건축의 정수인 알카즈네 사원이 등장한다. 암벽 절벽에 새기면서 파고들어간 알카즈네는 25m 높이의 코린트식 기둥 6개가 받치고 서 있는데 건물의 총 높이는 43m에 달한다. 영화 〈인디아나 존스〉의 배경으로 등장했다.

Tip

이탈리아 피렌체, 단테 단테와 피렌체는 불가분의 관계이다. 단테는 작가이자 철학자였다. 그의 불멸의 고전, 《신곡》은 원래
《희곡(Commedia)》이었으나 조반니 보카치오가 '신성한(Divina)'이라는 형용사를 덧붙여서 단순한 희곡이 아니라 숭고하고 성스러운
작품이라는 의미로 '신성한 희곡(Divina Commedia)', 즉 《신곡》이 되었다. 미켈란젤로와 괴테 등 세계적인 인물들이 극찬한 작품인
《신곡》은 피렌체에서 추방당한 단테가 이탈리아의 이곳저곳을 여행하면서 영감을 받은 '사후 세계를 중심으로 풀어낸 단테의 여행
이야기'이다.

Italia, Firenze

단테를 질투하며

당연하게 여겼던 여행이 어려워진 시대,
추방당했을지언정,
다시는 피렌체에 돌아가지 못했을지언정,
토스카나의 길을 떠돌아다닌
단테가 더 행복한 사람이었는지도 모릅니다.

그날의 장면과 공기, 소음과 냄새를
그리워하는 게 일상이 된 요즘,
단테의 길을 따라 마음의 여행을 떠나봅니다.
오늘도, 그렇게 이탈리아의
어딘가를 배회합니다.

사랑의 기적

사랑하는 여인을 위해 건설했다는 타지마할.
새벽같이 달려가 바라보았습니다.

Tip

인도 아그라 타지마할(Taj Mahal) 타지마할은 인도 아그라 시의 자무나 강변에 있는 무굴 제국의 기념비적인
건축물이다. 무굴 제국의 황제 샤 자한이 사랑했던 아내를 기리기 위해 1632년 건설을 명한 무덤이다. 2만
명이 넘는 노동자를 동원해서 완공까지 22년이 걸린 역작이다. 페르시아, 터키, 인도, 이슬람의 건축 양식을
잘 조합한 걸작으로 유네스코 세계유산으로 지정되었다.

Tip

스페인 톨레도 톨레도는 마드리드 남쪽으로 70km 떨어져 있는 스페인 중부 라만차의 평원 위 언덕에 건설된 고대 도시이다. 파란만장한 역사의 굴곡을 지나며 중세 시대 이슬람, 유대교, 기독교 유적 들이 공존하고 있다. 1561년에 마드리드로 수도가 옮겨지기 전까지 서고트 왕국을 비롯한 스페인의 옛 수도이기도 했다. 화가 엘 그레코가 사랑한 도시로도 유명하다.

Spain, Toledo

시간이 지은 도시

천 년의 고도, 톨레도.
그 먼 옛날에
시간의 흐름이 멈춰버린
도시를 바라봅니다.

강물은 끊임없이 흐르고,
바람이 불어와서
여행자의 땀을 식혀주며
사라져갔습니다.
소나기를 품은 구름도
잠시 톨레도 언덕 위에서
쉬어 가고 있었습니다.

Tip

벨기에 안트베르펜 벨기에에서 브뤼셀 다음으로 큰 도시인 안트베르펜은 벨기에 플랑드르 지방 안트베르펜 주의 주도이다.
안트베르펜 항구는 유럽에서 두 번째로 큰 규모를 자랑하며 무역과 다이아몬드 산업으로 유명하다. 무엇보다 이곳은 바로크 시대
회화의 거장 피터 폴 루벤스의 고향이기도 하다. 동화 《플랜더스의 개》의 배경이 된 곳으로도 유명하다.

Belgium, Antwerpen

그대로

변하지 않아야 할 것조차
변하는 세상에서
변함없이 그대로인
것을 만나면,
참 다행이라는 생각이 들어요.
이 구시가 광장처럼.

여행이 좋은 건 풍경이든 삶이든
관조하는 법을 배우게
된다는 거 아닐까요.

Tip

로미오와 줄리엣의 도시, 이탈리아 베로나

이탈리아 북부 베네토 주에 있는 베로나는 셰익스피어의 《로미오와 줄리엣》 작품에 영감을 준 낭만적인 도시이다. 또한 여름철이면
고대 로마 원형극장 아레나에서 열리는 오페라 공연으로 명성이 높다. 줄리엣의 집은 실제 줄리엣이 살았던 집은 아니지만 여행자들로
늘 넘친다. 영화 〈레터스 투 줄리엣〉의 배경으로 나오기도 했다.

Italia, Verona

사랑은 그러하노니

'이처럼 격렬한 기쁨은 종말을 맞게 될지니
그리하여 승리는 이내 스러지리라…
바라건대 온건히 사랑하라. 긴 사랑은 그러하노니.'

- 《로미오와 줄리엣》, 2막 6장 중

사랑과 영원에 대해 생각해보는 곳.
로미오와 줄리엣의 도시, 베로나.

HISTORY

신과 인간의 땅

처음 그 땅을 마주했을 때
알 수 없는 엄청난 에너지가 가슴을 파고들어
잠시 정신을 잃었어요.

신과 인간의 놀라운 땅, 예루살렘!

Tip

이스라엘 예루살렘 예루살렘은 이스라엘과 팔레스타인의 분쟁 지역으로, 현재는 이스라엘의 점령하에 있지만
국제법상 어느 나라의 소유도 아닌 도시이다. 성서 속 아브라함에서 유래한 3대 종교인 기독교, 유대교, 이슬람교
모두의 성지이다. 그래서 늘 종교 갈등의 불씨가 존재하는 공간이기도 하다. 예루살렘은 히브리어로 '평화의
도시'를 의미한다. 예수가 활동한 주요 무대였으며 십자가를 지고 골고다 언덕으로 올라간 길과 십자가에 못 박힌
언덕이 있던 곳이다.

눈이 부시게

작은 운하를 따라 걷던 아침 산책.
마음을 어루만지던 풍요로운 색채.
햇살이 눈부신 날이면 더욱
그리운 그곳, 안시.

France, Annecy

Tip

프랑스 안시 '프랑스 알프스의 진주'라고 불리는 안시는
프랑스 남동쪽 티우 강과 안시 호수에 위치한 알프스
휴양 마을이다. 온전히 보존된 구시가는 부드럽게 흐르는
운하를 따라 파스텔톤의 주택들이 늘어서 있고, 중세의
안시 성은 구시가와 호수를 내려다보고 서 있다. 알프스
산맥으로 둘러싸여 있으며 알프스 산들에서 흘러내린
물들이 모인 깨끗한 안시 호수와 티우 운하로 인해
'알프스의 베네치아'라는 별명으로도 불린다.

Czech Republic, Praha

황홀하게 로맨틱한

문득 카를교에 이르러 고개를 들면
블타바 강과 아련한 하늘 사이
장엄한 프라하 성이 반겨줍니다.
여행은 무심코 걷다 바라본
풍경 속에도 힐링이 있습니다.
이리저리 구시가를 배회하다
프라하의 밤을 조우하면
심장이 철렁거립니다.
볼 때마다 그러한 까닭은
그 밤이 늘 황홀하게
로맨틱하기 때문이겠지요.

Tip

**체코 프라하 성(Prague Castle), 카를교(Charles
Bridge)** 체코의 수도 프라하를 가로질러 흐르는
블타바 강의 서쪽 언덕 위에 있는 거대한 성이며,
프라하의 상징이자 체코의 자부심과 같은 건축물이다.
천 년 이상 체코의 왕들과 신성 로마 제국의
황제들이 거처했으며, 현재는 체코 대통령 관저가
있다. 카를교는 블타바 강 위의 수많은 다리 중에서
가장 중세적인 모습을 보여주는 석조 다리이다.
14~15세기에 건설되었으며 프라하 구시가와 프라하
성 사이를 이어주는 가장 상징적인 다리이다.

알람브라 궁전

시에라네바다 산맥이 굽어보이는 그라나다.
알바이신 언덕에 올라 바라본 그림 같은 알람브라 궁전의 아름다움에 취해 말을 잃었습니다.

Tip

스페인 그라나다 알람브라 궁전(Alhambra) 그라나다는 스페인 남부 안달루시아 지역에 속해 있으며 '눈 덮인 산맥'이라는 뜻의 시에라네바다 산맥 북쪽에 위치해 있다. 로마 멸망 후 711년 아랍계 무어인들이 북아프리카에서 넘어와 이베리아 반도를 정복하기 시작했고 이슬람교가 급속히 전파되었다. 13~15세기 그라나다 왕국은 무어인들이 세웠던 아랍왕국이었다. 스페인 최고의 명소 중 하나로 정교한 이슬람 건축의 정수를 감상할 수 있는 곳이다.

신의 약속

늘 바다처럼 요동치던 제자들을 잔잔한
호수처럼 붙잡아준 건
그들의 믿음이 아니라 예수의 은혜였습니다.

태풍 같은 시간이 닥쳐도 흔들리지 말아야 합니다.
갈릴리 호수에서 만난 무지개는 결국 태풍이
끝난다는 신의 약속입니다.
거세게 휘몰아치는 바람을 가르며
갈릴리의 고요함을 품고 살아야겠습니다.

Tip

이스라엘 갈릴리 갈릴리는 팔레스타인 북쪽 지방으로 갈릴리 호수 주변과 그 남쪽 지역을
가리킨다. 이 지방의 나사렛이라는 작은 마을이 바로 베들레헴에서 태어난 예수가 성장한
고향으로 알려져 있다. 갈릴리 호수는 바다처럼 광활해서 《신약성경》에는 티베리아스 바다,
게네사렛 호수 등 다양한 이름으로 불리고 있다. 지구상에서 가장 낮은 고도에 있는 담수
호수로 해수면으로부터 약 209m 낮은 곳에 위치해 있다. 2001년 이스라엘은 순례자들을 위해
'예수의 길'이라는 이름으로 64km에 이르는 하이킹 코스를 발표했다.

샤갈의 마을

샤갈이 잠들어 있는 예술가의 마을, 가을빛 머금은 남프랑스
작은 마을은 고즈넉했습니다.

여행이 주는 치유의 시간, 멀리 지중해의 푸른빛이 아스라이 빛났고,
생폴드방스는 무척이나 평온했습니다.

Tip

프랑스 생폴드방스 생폴드방스는 남프랑스 코트다쥐르 지역의 중세 도시이다. 장 폴 사르트르, 파블로 피카소,
자크 프레베르 등 여러 철학자와 예술가들이 즐겨 찾은 예술의 도시이다. 특히 러시아 출신의 프랑스 표현주의,
초현실주의의 대가 마르크 샤갈이 사랑한 마을로 유명하다. 98세의 나이로 사망한 그는 이곳 유대인 묘지에
묻혔다.

Italia, San Gimignano

그 풍경 속에서

여행의 시간, 빛과 색채, 온도는 변합니다.
그 변하는 풍경 속에서 여행자도 계속 성장합니다.

Tip

이탈리아 산 지미냐노 산 지미냐노는 피렌체 남서쪽에 위치한 토스카나의 아름다운 언덕 위에 솟아 있는 중세 마을이다. 온전한 중세의 모습을 간직한 성문과 중세의 집들이 가득한 골목 위로 우뚝 솟은 14개의 탑들이 인상적인 곳이다. 특히 산 지미냐노를 대표하는 베르나차 와인은 과거 미켈란젤로, 단테 등 유명인사들의 사랑을 받은 화이트 와인이다.

배회하면 될 일

구시가 골목을 요리조리 걷다가도
멀리 긴 소실점 사이로 두오모가 보이면
마음이 놓였습니다.
늘 그 자리에 있으니 여행자는
그저 배회하면 될 일입니다.

피렌체가 좋은 까닭은
그런 안도감 때문인지도 모릅니다.

Tip

프랑스 파리 루브르 박물관(Le musée du Louvre) 세계 3대 박물관으로 손꼽히며 모나리자, 나폴레옹 황제의 대관식, 비너스 상 등
5만여 점에 달하는 소장품의 수와 질적인 면에서 압도적인 곳이다. 특히 우아한 루브르 궁과 궁 앞에 설치된 현대적인 유리 피라미드
조형물의 대비는 루브르를 대표하는 이미지이다. 밤이 되면 은은한 조명이 들어와서 더욱 아름답다.

France, Paris

파리 루브르 야경

숙소 근처 오페라 극장에서부터
시작한 밤 산책.

파리의 밤을 유유히 거닐다 보니
문득 눈앞에 루브르 박물관이 나타났어요.

목적 없는 밤 산책이 얼마나 행복했던지요.

당신을 기다리고 있을게요.
이곳에서.

AGAIN, TRAVEL :
VOLUME 4

DETAIL

여행의 풍요

사소하고 소소한 것들의 행복
"그거 아세요? 인생이 빛나는 순간들은 디테일에 있다는 사실."

Austria, Vienna

상공에서

꼬박 12시간을
날아오른 비행기가
마침내 비엔나 상공에서
고도를 낮추는 순간,
여행자는 얼마나 설레었는가.
돌아오지 않을 것처럼 떠난 긴 여행,
그 낯선 세상 속에 파묻히는 일은
또 얼마나 행복한 일인가.
결국엔 돌아올지라도.

Tip

오스트리아 비엔나 중부 유럽의 관문이 바로
오스트리아 수도 비엔나이다. 서유럽 여행뿐만 아니라
동유럽 여행을 위해서도 최고의 전략적 위치에 있다.
도나우 강이 부드럽게 흐르고, 모차르트, 베토벤,
프로이트, 클림트 등 예술가와 지식인들의 유산이
도시 곳곳에 남아 있다. 쇤브룬 궁전, 벨베데레 궁전을
비롯해서 박물관 구역에 있는 세계 최고의 박물관 등
볼거리가 가득하다. 우리나라에서 국적기 직항편이
있어서 편리하다.

Austria, Vienna

인생 컵케이크

바쁜 일정으로 조금 지쳐 있던 여행자의 마음을
위로해준 컵케이크 하나. 조그마한 컵케이크 하나로도
행복할 수 있음을, 여행을 하면서 배웠습니다.
인생이 빛나는 순간은 사소한 디테일에 숨어 있는 경우가
얼마나 많은지요.

Tip

오스트리아 비엔나 게른슈트너 카페(Café Gernstner) 비엔나 구시가에서 가장 유명한 쇼핑 거리가
바로 케른트너 거리이다. 케른트너 거리는 1257년부터 중요한 무역로로 역사 기록에도 등장할 정도로
800년 가까운 역사를 자랑하는 거리이다. 수많은 명품 숍들과 5성급 호텔, 그리고 전통을 자랑하는
유명한 카페들까지 그 거리를 따라 늘어서 있다. 시립 오페라극장 맞은편 근처에 170년의 역사를 가진
게른슈트너 카페가 있다. 예전에는 황실에, 현재는 비엔나 시립 오페라와 비엔나 음악협회에 자신들의
제품을 제공하고 있다. 컵케이크와 함께 커피 한 잔의 여유를 즐기기에 좋은 곳이다.

예술가의 그곳

베네치아 산 마르코 광장에 자리한, 300년 전통의 카페 플로리안.
이탈리아 기행의 선구자 괴테를 비롯해 수많은 예술가들과 여행자들이 들르는
베네치아 여행의 필수 코스이지요.
해수면이 상승하는 아쿠아 알타가 시작된 늦가을,
날씨는 스산하고 여행자들도 없는 비수기에 플로리안을 찾았어요.
부드러운 카페 라테를 주문하고 소파 깊숙이 기대어 있노라니
그제야 진짜 베네치아의 품에 안긴 기분이었답니다.

Tip

이탈리아 베네치아 카페 플로리안(Caffè Florian) 베네치아를 대표하는 카페를 하나만 손꼽으라면 단연 카페 플로리안이다. 베네치아의 중심인 산 마르코 광장에서 1720년부터 '알라 베네치아 트리온판테(승리의 베네치아)'라는 이름으로 문을 열었다. 이탈리아뿐만 아니라 유럽에서 가장 오래된 커피 하우스이다. 카를로 골도니, 괴테, 카사노바 등이 이 카페의 단골로 유명했다. 시인 바이런 경, 마르셀 프루스트, 찰스 디킨스 등도 자주 찾은 유서 깊은 카페이다. 야외에서는 라이브 연주가 울리고, 내부에는 다양하게 꾸며진 각기 다른 이름의 멋진 홀들이 있다.

마카롱,
그보다 달달한

그 시간이 달달했던 건
라뒤레 마카롱 때문이 아니라
조금 익숙해진
제네바 풍경이 선사하는
편안함 때문이었음을
나중에야 깨달았습니다.

Tip

스위스 제네바 라뒤레(La durée) 마카롱 카페 크루아상 모양의 유럽 최대 호수인 레만
호수(제네바 호수)의 서쪽 끝에 자리한 제네바는 프랑스 분위기가 짙은 국제적인 도시이다.
제네바 여행 시 기차역 앞 대로인 몽블랑 거리에 있는 라뒤레 카페를 방문하면 마치 파리의
화사한 카페에 온 듯한 기분이 든다. 1862년 파리에서 시작되어 전 세계적으로 선풍적인
인기를 누리는 마카롱 전문점이다.

마터호른 커피 한 잔

스위스 알프스의 한 전망대 카페에서, 마터호른을 마주 보며
부드러운 크림 커피 한 잔의 여유를!

Switzerland, Matterhorn

Tip

스위스 고르너그라트(Gornergrat) 전망대 카페 스위스 알프스의 고봉, 마터호른을 전망하기에
가장 좋은 전망대가 바로 해발 3,130m의 고르너그라트 전망대이다. 체르마트에서 등산열차를
타고 손쉽게 올라갈 수 있으며 전망대에는 호텔과 레스토랑, 카페, 상점이 들어서 있다. 특히 노천
카페에서 커피 한 잔을 마시며 바라보는 마터호른과 알프스 고봉의 전망이 환상적이다.

Italia, Spello

꽃길

꽃이 피어 행복한 그 길.
좁고 오래된 골목을 거닐며
스치는 여행의 기쁨들.
작은 꽃그늘처럼,
인생은 차곡차곡 쌓인
추억으로 살아가는 것.
그러니 꽃길만 걸으세요.

슈퍼 투스칸의 전설

전설의 시작, 최초의 슈퍼 투스칸! 와인계의 페라리, 사시카이아!
1985년 블라인드 테스트에서 세계 최고의 프랑스 보르도 와인들을 제치고
당당히 1위를 한 이탈리아 와인의 전설, 사시카이아!
슈퍼 투스칸의 전설이 시작된 해가 바로 1985년이었습니다.
그 전설이 이어져서 2015년 빈티지는 '와인 스펙테이터'가 선정한
세계 1위 와인에 뽑히기도 했지요. 이탈리아를 여행한다면 슈퍼 투스칸,
그 전설의 시작인 사시카이아를 꼭 맛보시기를!

Italia

Tip

이탈리아 와인 사시카이아(Sassicaia) 이탈리아 고급 와인의
대명사이며 '슈퍼 투스칸'이란 이름을 최초로 만든 신화적
와인이 바로 사시카이아이다. 토스카나 볼게리의 '테누타 산
귀도' 와이너리에서 생산되는 명품 와인이다. 카베르네 소비뇽과
약간의 카베르네 프랑으로 만드는데, 오크통에서 2년 숙성 후에
병에 담긴다. 풍부한 텍스쳐와 우아함, 그리고 향이 예술이다.
숙성할수록 맛과 향이 더욱 깊어진다.

클림트의 단골 카페에 앉아

클림트, 프로이트, 페터 알텐베르크가
사랑했던 카페에 앉아 그려봅니다.
그들은 이곳에 앉아 무얼 고민하고,
무얼 마시고, 누구와 대화를 나눴을까요.
혹시 아나요. 영화 〈미드나잇 인 파리〉의
주인공처럼, 어느 순간 클림트와
마주 보고 앉아 대화를 나누게 될지요.

Tip

오스트리아 비엔나 첸트랄 카페(Café Central) 비엔나
여행의 즐거움 중의 하나는 오랜 전통과 역사를 가진
다양한 카페에 들러 맛난 커피와 디저트를 맛보는
일이다. 비엔나 구시가의 중심인 헤렌 거리 14번지에
비엔나를 대표하는 카페들 중 하나인 첸트랄 카페가
있다. 1876년 처음 문을 열었고, 당시 비엔나 지성인들의
모임 장소 역할을 했다. 첸트랄 카페를 너무나 사랑한
작가 페터 알텐베르크를 비롯해서 지그문트 프로이트,
아돌프 루스, 클림트 등 유명인사들의 단골 카페였다.
현재는 수많은 여행자들이 비엔나 여행 시 즐겨 찾는
필수 코스가 되었다.

Switzerland, First

걷다 보면

자연 속을 걷는 여행자는 생각의 계곡이
깊어지고, 산처럼 강인한 정신을 배웁니다.
길이 험할까 걱정하기보다는
길의 흐름에 따라 무작정 걷다 보면
대자연이 주는 힐링을 저절로 느끼게 되지요.
그리고 인생이란 문제가 해결된
결과물이 아니라 풀어가는 과정의
연속이라는 걸 그제야 깨닫게 되지요.

Tip

스위스 피르스트 - 바흐알프제 호수(First-Bachalpsee, 2,265m)
트레킹 스위스 융프라우 여행을 한다면 알프스 대자연을 만끽할 수
있는 트레킹을 추천한다. 융프라우 지역은 다양한 난이도의 트레킹
코스들이 있는데 특히 그린델발트 주변으로 좋은 코스들이 많다.
그린델발트에서 케이블카를 타고 피르스트(2,168m) 정상 역에 내리면
본격적인 하이킹 코스가 시작된다. 약 3km 정도의 그리 어렵지 않은
산길 코스가 이어지는데 주변 풍광이 환상적이다.

광장 맥주 한 잔

여행자의 작은 사치는
낯선 여행지의 광장에서
게으르게 전통 맥주 한 잔
천천히 비우는 일입니다.

Tip

네덜란드 델프트 구시가 광장 네덜란드 서쪽에 있는 델프트는
델프트 도자기의 본고장이자 운하가 구시가를 흘러가는 낭만적인
도시이다. 렘브란트, 프란스 할스와 함께 네덜란드의 황금시대인
17세기를 대표하는 3대 화가인 요하네스 페르메이르의
고향이기도 하다. 그가 그린 〈진주 귀고리를 한 소녀〉는
대표적인 작품이며, 생애 단 두 점의 풍경화 중 하나인 〈델프트
풍경〉 속 델프트는 따스한 빛 속에 아름답게 빛난다. 구시가
중심에서 대부분의 명소들은 도보 20분 이내에 도달할 수 있어서
여유롭게 여행하기 좋은 곳이다.

Tip

이탈리아 볼차노/보첸 이탈리아인들이 가장 살고 싶어 하는 도시들 가운데 하나로 늘 손꼽히는 곳,
볼차노. 지리적, 역사적으로 오스트리아와 가까워서 독일어를 사용하는 주민이 더 많은 도시. 모든
표지판의 표지나 일상생활 속의 표시도 독일어와 이탈리아어로 다 표기하고 있다. 이탈리아 북부
돌로미티 탐험의 전초기지로 여행자들이 즐겨 찾는 이탈리아 알프스 자연 속 마을이다.

Italia, Bolzano/Bozen

완벽한 순간

광장, 푸른 산, 대성당, 노천 카페,
여기에 더해지는 화이트 와인과 소다수, 전통의 아페롤을 섞은 베네치아노 한 잔.
마음을 울리는 피아노 선율을 들으며 느긋하게
저녁 산책을 즐기는 사람들을 바라보는 한때.
더 가지지 않아도, 더없이 완벽한 순간.

우연과 필연 사이

여행을 하다 보면
사소한 정물 하나에도
마음이 머무릅니다.

스쳐 사라져버릴 순간의 소중함을
사진을 찍으며 배웠습니다.
옷깃만 스치는 우연이
얼마나 무게 있는 필연이 되는지
여행을 하면서 깨달았지요.

돌이켜보면 카메라로
바깥 풍경이 아닌 마음을 찍었고,
여행을 했을 뿐인데 인생을 배웠습니다.

Tip

이탈리아 산 퀴리코 도르차 조금 높은 언덕 위에 솟아 있는 산 퀴리코 도르차는
시에나 현에 속해 있으며 시에나 남동쪽으로 35km 거리에 있다. 약 2,500명
정도의 주민들이 성벽에 둘러싸인 작은 중세 마을에서 오손도손 살아가고 있다.
4개의 성문을 통해서 옛 시간의 자취가 남아 있는 구시가로 들어갈 수 있다. 그
옛날 단테가 걸었던 단테 알리기에리 거리는 구시가를 관통하는 중심대로다.

황홀한 식사

형제처럼 지내는 이탈리아 친구 엔리코Enriko의 소개로 움브리아의
아름다운 자연 속에 자리한 '아그리투리스모 레 비녜'에서 하룻밤을
보내게 되었습니다.
직접 가꾼 식재료, 직접 만든 파스타 면, 올리브 오일로 음식을 만든다지요.
정성 가득한 가정식 요리에 최고의 석양, 밤이 되면 반짝이는 별빛,
그 모든 걸 누릴 수 있게 배려해준 엔리코의 우정까지.
조금 긴 이탈리아 여행의 아름다운 한 페이지가 또 이렇게 기록되었습니다.
'고마워, 나의 형제 엔리코Grazie, fratello mio, Enriko'

DETAIL

Tip

이탈리아 폴리뇨의 아그리투리스모 레 비녜(Agriturismo Le Vigne) 이탈리아 중부에 있는 움브리아 주는 바로 옆에 있는 토스카나 주에 비해서는 덜 알려진 곳이지만, 그로 인해 조금 더 여유롭고 한적한 자연을 즐기기에 좋은 곳이다. 움브리아 주의 작은 도시인 폴리뇨 근교도 올리브밭과 포도밭, 그리고 작은 숲으로 이루어진 지역이다. '아그리투리스모 레 비녜'는 폴리뇨 외곽의 깊은 산속에 있는 평화로운 농가 민박이다. 한적한 휴식을 위해 이곳을 찾는 여행자들이 많다.

Italia, Firenze

카페 질리

1773년에 문을 연 300년 전통을 자랑하는
피렌체 대표 카페, 질리.
세월이 쌓인 공간은 묘한 에너지를 품고 있습니다.
여름의 열기를 식힐 겸 차가운 사케라토 한 잔.
300년의 세월이 쌓인 카페에 앉아 여행자의 여유를
누려봅니다.

Tip

이탈리아 피렌체 질리 카페(Caffe Gilli) 피렌체를 대표하는 카페로서 300년의 역사를
자랑하는 곳이다. 구시가의 가운데에 있는 레푸블리카 광장 한쪽에 자리 잡고 있다.
1733년 한 스위스 출신 가족이 설탕을 입힌 도넛을 만들어서 판 것이 카페 역사의
시작이다. 피렌체를 여행한다면 꼭 한 번은 들러볼 만한 카페이다.

이탈리아
카페 메뉴판

다채로운 탈리에리처럼,
풍미를 돋우는
아페리티보처럼,
상큼한 프라페처럼,
달달한 장인의
젤라토처럼,
그런 하루이기를!

Tip

이탈리아 카페 메뉴판 이탈리아를 여행할 때는 카페나 레스토랑에서 흔하게 볼 수 있는 몇 가지
메뉴 이름을 알고 가는 게 좋다. 가장 흔히 보는 메뉴는 탈리에리(Taglieri)이다. 탈리에리는 도마
같은 나무판자 위에 모르타델라, 햄, 살라미, 치즈 등을 와인에 곁들여 먹을 수 있게 내온다.
아페리티보(Aperitivo)는 식사 전에 식욕을 돋우기 위해 마시는 칵테일 혹은 탄산 음료이다.
이탈리아 여행에서 꼭 맛보아야 할 인기 있는 디저트는 젤라토(Gelato)다. 산 지미냐노의 돈돌리
젤라토는 세계 챔피언이자, 현재는 젤라토 대회 심사위원으로 활동하는 젤라토 장인의 품격이
느껴지는 젤라토이므로 방문 시 꼭 맛보기를 추천한다.

Austria, Vienna

DETAIL

아무것도 하지 않는 시간

내일 당장 비엔나에 간다면 곧바로 첸트랄 카페로 달려가겠어요.
요제프 황제와 시시 황후의 초상화 앞 제일 좋은 안쪽 자리에 앉아
신선한 과일과 요거트, 빵으로 가득한 모닝 세트 한 접시 시켜놓고
멍하니 앉아 있을래요.
여행은 '무얼 하는 것보다 아무것도 하지 않는 게'
더 필요한 시간이니까요.

발사믹과 올리브유

이탈리아 스펠로산 유기농 엑스트라버진 올리브유와
25년산 모데나 발사미코를 술술 뿌리면 최고의 포모도로 샐러드가 탄생합니다.
여기에 아시시의 상큼한 유기농 틸리 화이트 와인을
곁들이면 더 바랄 게 없습니다.

Tip

이탈리아 모데나 발사미코 & 유기농 엑스트라버진 올리브유 이탈리아 요리에서 빼놓을 수 없는 두
가지가 바로 모데나 발사믹 식초와 최고급 올리브유이다. 모데나에서 만들어지는 오랜 세월 숙성된
발사믹은 평범한 샐러드도 특별한 맛으로 만들어준다. 이탈리아 각지에서 생산한 올리브유 역시
샐러드나 다양한 요리에 사용하는 재료이다. 특별한 이탈리아의 요리를 느껴보려면 모데나 발사믹과
신선한 올리브유를 곁들인 요리를 꼭 맛보도록 하자.

Argentina, Fitz Roy

영혼도 빛났다

끝없이 푸른 하늘과 자주 피어오르던 뭉게구름,
그리고 눈부시게 반짝이던 카프리 호수.

어느새 인간의 활자로 향하던 눈길도 감흥이 사라지고,
그저 바라보다 그 풍경 속에 덩그러니 놓인
나란 존재를 훑어보게 되는 곳,
그것이 피츠로이에서 할 수 있는 모든 것.

하늘은 푸르렀고, 태양은 눈부셨고,
그 속에서 여행자의 영혼도 빛났습니다.
그리운 피츠로이!

Tip

아르헨티나 피츠로이 카프리 호수(Laguna Capri) 엘 찰텐에서 피츠로이 산으로 향하는 트레킹 코스에서
꼭 들러볼 만한 곳이 바로 카프리 호수이다. 카프리 호수까지 이어지는 길은 오르막길이지만 가파르지
않고 이정표도 잘되어 있어서 가벼운 마음으로 갈 수 있는 코스이다. 아름다운 초원과 숲길을 걷다 보면
손쉽게 피츠로이 봉우리가 멀리 보이는 카프리 호수에 도착한다. 호수 옆에는 캠핑장도 있어서 산을
즐기는 여행자들이 텐트를 설치하고 자연을 즐기는 모습들을 볼 수 있다.

Italia, Firenze

아니타에서의 한 끼

피렌체 베키오 궁전 뒷골목에 숨어 있는 아니타Anita는
삼 형제가 정겹게 운영하는 소박한 트라토리아이탈리아 식당 종류 중 하나입니다.
발사믹 술술 끼얹은 샐러드와 알 덴테로 적당히 익힌 파스타,
그리고 이 집의 자랑, 비스테카 알라 피오렌티나티본 스테이크까지.
여기에 하우스 와인 한 병 곁들이면 포만감이 밀물처럼 밀려옵니다.
목까지 차오르기 전에 얼른 크렘 브륄레 하나 주문하고
진한 에스프레소를 두어 모금 들이켜면 아니타에서의 한 끼가 완성됩니다.

Tip

이탈리아 피렌체 티본 스테이크, 비스테카 알라 피오렌티나(Bistecca alla Fiorentina) 티본 스테이크의 원조가
바로 이탈리아 피렌체이다. 이탈리아 말로는 '비스테카 알라 피오렌티나'인데 피렌체의 비프스테이크라는 뜻이다.
토스카나의 대표 요리이며, 진정한 비스테카 알라 피오렌티나는 토스카나 주와 움브리아 주에 걸쳐 있는 비옥한
키아나 계곡에서 키운 토종 소인 키아니나 종의 신선한 고기로 요리된다. 이탈리아에서 가장 오래된 품종으로
피하지방이 적고 콜레스테롤이 낮아서 최고급 소로 손꼽힌다. 피렌체 여행을 한다면 꼭 맛보기를 추천한다.

펜디 와인과 트러플 파스타

이탈리아 명품 브랜드로 유명한 펜디 가문은
움브리아 주의 산을 하나 사서 와이너리를 만들었어요.
최고의 와인 기술자를 데려와서 포도밭을 일구고
가문의 이름으로 와인을 생산해, 이제는 명실상부한
움브리아의 유력 와인들 리스트에 이름을 올리고 있지요.
펜디 별장과 와이너리를 둘러보고 그들과 식사를 하며
와인 이야기를 나누던 시간은 특별한 추억이 되었습니다.
움브리아를 여행한다면 펜디 와인을 꼭 맛보세요.
아, 움브리아의 자연산 송로버섯트러플을 끼얹은 송로 파스타도
놓치지 마세요.

지구 반대편에서 열린 쿠킹 클래스

지구 반대편에서 열린 쿠킹 클래스는
요리를 배우는 게 아니라 요리를
대접받는 시간이었습니다.
미슐랭 원스타 셰프를 초대해 특별한 손님들에게
최고의 요리와 최고의 와인을 음미하게 해주는 시간.
최고의 셰프, 최고의 요리, 최고의 와인,
감탄사를 아끼지 않는 최고의 손님들,
여행이 선사한 최고의 순간들.

Tip

이탈리아 에노테카 프로페르치오(Enoteca Properzio) 이탈리아 단어인 에노테카는
와인을 판매하고 와인과 곁들여 먹을 수 있는 음식을 파는 와인 숍 겸 레스토랑을
말한다. 이탈리아 와인을 제대로 맛보려면 일반 식당보다는 에노테카를 방문하는
편이 좋다. 에노테카 프로페르치오는 8대째 가업으로 와이너리와 에노테카를
이어오고 있는 이탈리아에서 세 번째로 오래된 에노테카이며 움브리아 주에서는 가장
오랜 역사와 전통을 자랑한다. 명품 와인 사시카이아, 브루넬로, 주세페 퀸타렐리 등
최고의 와인들을 좋은 가격에 맛볼 수 있다.

Argentina, Purmamarca

동네 카페, 커피 한 잔

아르헨티나의 낯선 도시,
푸르마마르카.
하룻밤을 묵고 난 후
동네 카페에서
모닝 커피 한 잔을 하고서야
비로소 그곳의 풍경이
보이기 시작했습니다.

Tip

아르헨티나 푸르마마르카 푸르마마르카는 아르헨티나
북서쪽의 후후이 주에 있으며 해발 2,324m의 고도에 자리한
아주 작은 시골 마을이다. '무지개 색채의 언덕(Cerro de los
Siete Colores)'이라고 불리는 다채로운 색채의 산자락에
자리를 잡고 있다. 마을 중심의 작은 광장에는 수공예품
시장이 열린다. 후후이는 주변의 산악지대와 푸르마마르카
강, 광대한 살리나스 그란데스 사막 등을 둘러보기 위한
전초기지의 역할을 하고 있다.

Switzerland, Appenzell

DETAIL

천국이 있다면

스위스 북부에 있는 아펜첼 근교의 산들을 여기저기 다니다,
깊은 산속 외딴 레스토랑을 들른다면 아펜첼 전통 맥주를
주문하면 됩니다. 절벽에 딱 달라붙은 최고의 풍경 맛집에서
스위스 전통 요리인 뢰스티 한 접시 혹은 구수한 라클레트
치즈 한 덩이 주문하고 아펜첼 맥주와 함께 파노라마 풍경을
둘러보시면 됩니다.
아, 여기가 바로 지상천국이구나,
감탄만 흘러나오는 곳이 바로 그곳입니다.

Tip

스위스 에벤알프 에셔 빌트키르힐리 레스토랑(Äscher-Wildkirchli) 스위스 북부 아펜첼 근교
에벤알프의 기암절벽에 붙어 있는 레스토랑이자 산장이다. 현재는 레스토랑으로 영업하고 있으며
스위스 전통 감자 요리인 뢰스티가 일품이다. 아펜첼에서 열차로 바서라우엔까지 가서, 케이블카
승강장에서 케이블카를 타고 에벤알프에서 내린 후 산길과 절벽길을 따라 15분 정도 하이킹을 하면
절벽에 숨어 있는 이 레스토랑이 모습을 드러낸다.

낯선 길

낯선 길을 걸을 때 우리는 얼마나 설레었는가.

Tip

스위스 리기 산 트레킹 스위스 루체른 근교에 있는 리기 산(해발 1,798m)은 유럽 최초의 등산열차인
VRB(Vitznau Rigi Bahn)를 타고 손쉽게 정상까지 올라갈 수 있다. 루체른 호숫가의 비츠나우에서 리기 산
정상까지 올라가는 산악열차를 타면 된다. 정상에서 바라보는 루체른 호수와 주변 산들의 풍경이 마치
천국처럼 느껴지는 곳이다. 내려올 때 열차 한 정거장 정도는 트레킹을 추천한다. 완만한 내리막길을
따라 최고의 풍경을 감상하며 손쉽게 내려올 수 있다.

Italia

여행의 즐거움은

여행의 진정한 즐거움은 현지인들이 즐겨 찾는
광장이나 골목에 있는 오래된 카페에서
진한 에스프레소 한 잔의 여유를 누리는 일입니다.

Tip

이탈리아 에스프레소 에스프레소는 이탈리아 기원의 커피 추출법이다. 적은 양의 끓는 물로
9~10바(bar)의 공기압으로 아주 미세하게 갈린 커피 콩을 통과시킨다. 한두 모금이면 다 마실 정도로
적은 양의 에스프레소 커피가 내려지면 이탈리아인들은 여기에 설탕 한두 스푼을 넣는다. 스푼으로
젓지 않고 그대로 쓴 커피를 마신 후, 녹아 있는 설탕과 약간의 에스프레소를 스푼으로 긁어서 먹는다.
이탈리아인들은 식사 후 에스프레소로 마무리하는 경우가 많다.

이탈리아의 맛

이탈리아 명품 와인 중 아마로네 와인의 양대 산맥은
달 포르노 로마노Dal Forno Romano와 그의 스승
주세페 퀸타렐리Giuseppe Quintarelli로 손꼽습니다.
로미오와 줄리엣의 도시 베로나 북쪽의 언덕에 위치한
전설적인 와이너리가 바로 마지막 위대한 거장 혹은
신화적 존재로 불리는, 주세페 퀸타렐리입니다.

코르비나 55%, 론디넬라 30%, 나머지 카베르네 소비뇽,
네비올로 등 여러 품종이 블렌딩된 와인이지요.
입 안을 가득 채우는 부드러운 감촉이 인상적이고
산도가 높은 편입니다. 우아하면서도 화려한 맛의 균형은
퀸타렐리가 단연 달 포르노를 앞선답니다.

주세페 퀸타렐리는 매년 생산되지 않습니다.
현지에서는 슈퍼 투스칸의 원조 명품 와인 사시카이아보다
가격이 더 높아 깜짝 놀랐지요. 이탈리아에 간다면
꼭 추천하고 싶은 깊은 맛의 와인입니다.

영감의 장소

카페는 고뇌하는 이들에게는 영감의 장소이자
지친 여행자에게는 휴식의 장소입니다.

Tip

스위스 베른 스위스의 수도 베른은 아레 강이 U자형으로 감싸고 흐르는 아름다운 중세 도시이다.
천문시계와 베른 대성당이 구시가의 랜드마크가 되어주고 있다. 석조 아케이드가 길게 연결된 구시가는
걷는 즐거움이 있다. 구시가 곳곳에 세워진 분수들은 각기 이름과 스토리를 담고 있다. 베른에는
아인슈타인이 상대성 이론을 연구하며 사랑하는 가족과 함께 살았던 집이 박물관과 카페로 조성되어
있어서 들러보면 좋다.

테이블

여름 끝 무렵 친구이자 현직 셰프인 부부와 토스카나를 여행했어요.
피엔차의 작은 슈퍼에서 산 식재료가 셰프의 손길을 거치자
순식간에 시각과 미각을 충족시키는 테이블이 차려졌지요.
특히, 음식과 곁들인 와인은 금상첨화였어요.

Tip

이탈리아 피엔차 이탈리아 토스카나 발도르차의 높은 언덕 위에 서 있는 중세 마을이다. 마을 아래로
펼쳐진 풍경이 그림처럼 아름다운 곳이다. 몬테풀치아노, 몬탈치노와 함께 이탈리아의 대표적인 와인
중의 하나인 브루넬로 와인의 산지이기도 하다. 르네상스 시대 도시 계획의 시금석으로 여겨지는
도시이며1996년에 유네스코 세계유산으로 지정되어 그 가치를 인정받았다.

가끔은 내려다볼 일

가끔은 일상의 눈높이에서
벗어나 높은 곳에
올라 내려다보는
시선이 필요합니다.
그러면 새로운 풍경이
보이고, 여행자를 둘러싼
일상의 고민도
사소하게 보인답니다.

Tip

이탈리아 피렌체 루프톱 카페
이탈리아 예술과 문화의 보석,
피렌체는 특히 구시가 전체가 하나의
위대한 건축 예술품 같다. 두오모,
베키오 궁전, 산 조반니 세례당, 베키오
다리 등 유네스코 세계유산으로
보호받는 구시가를 제대로 감상하려면
미켈란젤로 언덕에 올라가는 방법이
있다. 구시가 안에서는 두오모 성당
주변이나 아르노 강변 주변에 있는
루프톱 카페나 바에 가면 된다. 구시가
한복판에서 피렌체의 붉은 지붕과
건축물을 내려다보면서 마시는 커피
한 잔의 여유는 꼭 누려볼 만하다.

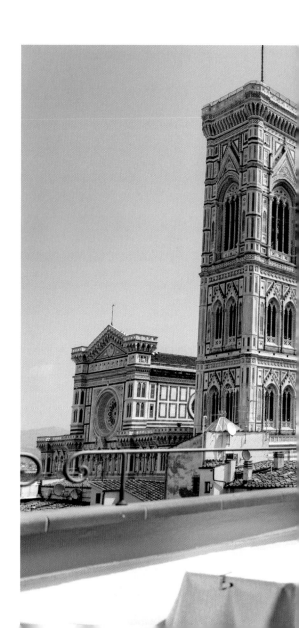

Bolivia, Potosí, Laguna Colorada

여행자의 자유

여행할 때만큼 자유를 누리는 시간은 없습니다.
작은 존재지만, 거대한 풍경 속에 있을 때만큼
충만함을 느끼는 시간은 없습니다.
그 거대한 자유와 충만의 공간 속으로
다시 던져질 시간이 오기를!

Tip

라구나 콜로라다 호수 라구나 콜로라다는 볼리비아의 우유니 남쪽으로 에두아르도 아바로아 안데안
파우나 국립 보존구역(Eduardo Avaroa Andean Fauna National Reserve)에 속해 있는 아주 얕은
소금호수이다. 볼리비아 우유니에서 칠레의 산 페드로 데 아타카마까지 가는 2박 3일의 우유니
소금사막 횡단투어에서 3일째 되는 날 들르는 곳으로 칠레 국경과도 가깝다. 이 호수는 특히 플랑크톤이
많아서 전 세계 6종의 홍학들 중에서 3종의 홍학들이 군집생활을 하고 있다.

France, Arles, River Rhône

석양빛 건배

가끔은
자신을 위해
석양빛에
건배하십시오!

AGAIN, TRAVEL
다시, 여행을 가겠습니다

초판 1쇄 발행	2021년 3월 15일
초판 2쇄 발행	2021년 6월 15일
지은이	백상현
펴낸이	한선화
책임편집	이미아
디자인	design group ALL
홍보	최단비
마케팅	김수진
펴낸곳	앤의서재
출판등록	제2018-000344호
주소	서울 마포구 월드컵북로 400 5층 21호
전화	070-8670-0900
팩스	02-6280-0895
이메일	annesstudyroom@naver.com
인스타그램	@annes.library
블로그	blog.naver.com/annesstudyroom
ISBN	979-11-90710-16-9 03810